ॐ

108 गोल्डन टिप्स

(प्यार, आरोग्य, समृद्धि और सफलता के लिए)

पं. गोपाल शर्मा बी.ई.
डॉ. सेवा राम जयपुरिया

डायमंड बुक्स
www.diamondbook.in

108 गोल्डन टिप्स
प्यार, आरोग्य, समृद्धि और सफलता के लिए

© : लेखकाधीन

प्रकाशक : डायमंड पॉकेट बुक्स (प्रा.) लि.

X-30 ओखला इंडस्ट्रियल एरिया, फेज-II

नई दिल्ली - 110 020

फोन : 011- 40712200

ई-मेल : sales@dpb.in

वेबसाइट : www.diamondbook.in

108 गोल्डन टिप्स

(प्यार, आरोग्य, समृद्धि और सफलता के लिए)

लेखक : पं. गोपाल शर्मा बी.ई., डॉ. सेवा राम जयपुरिया

108 गोल्डन टिप्स
प्यार, आरोग्य, समृद्धि और सफलता के लिए

प्रस्तावना

आधुनिक वैज्ञानिक अनुसंधानों द्वारा यह प्रमाणित हो चुका है कि ब्रह्मांड की विभिन्न शक्तियों का हमारे ऊपर एक निश्चित प्रभाव है, क्योंकि पृथ्वी पर सब व्यक्तियों का निर्माण पंचमहाभूतों के भौतिक और रासायनिक गठन से हुआ है। ब्रह्मांड में एक विद्युत बल की उपस्थिति भी रेडियो रिसेप्शन और ट्रांसमिशन पर इसके प्रभाव से साबित हुई है। सृष्टि दो ब्रह्मांडीय ऊर्जाओं से बनी है यानी यांग और यिन, नर और मादा, सकारात्मक और नकारात्मक, उजाला और अंधेरा।

जब हम इन दो ब्रह्माण्डीय ऊर्जाओं के उचित संतुलन वाले वातावरण में होते हैं, तो हमें बिना प्रयास या अल्प प्रयास से ही शांति, संतान, आध्यात्मिकता, सद्भाव, धन और प्रतिष्ठा मिलती है। यह इस ब्रह्मांड में सभी ग्रहों के वैश्विक बल के लाभकारी प्रभाव के कारण है। यह भी सत्य है कि जब इस ऊर्जा का संतुलन बिगड़ता है, तो हर किसी को कैरियर, संबंध, स्वास्थ्य, संतान या संपत्ति आदि से संबंधित कुछ–न–कुछ कठिनाइयों का अनुभव होता है।

विश्व प्रसिद्ध वास्तु, फेंग–शुई मास्टर पं. गोपाल शर्मा तथा जाने–माने ज्योतिषाचार्य, न्यूमेरोलोजिस्ट व रत्नाचार्य डॉ. सेवाराम जयपुरिया ने इस संदर्भ में अनेक अध्ययन, अनुसंधान और प्रयोग किए हैं। इसी के परिणामस्वरूप प्रबुद्ध पाठकों की मदद करने तथा उनके जीवन की कठिनाइयों को दूर करने के मिशन के

108 गोल्डन टिप्स
प्यार, आरोग्य, समृद्धि और सफलता के लिए

साथ प्यार, स्वास्थ्य, धन और सफलता के लिए "108 सुनहरी उपाय" का यह सुंदर गुलाबी संस्करण प्रस्तुत है।

हम लेखकों द्वारा की गई कड़ी मेहनत की ईमानदारी से सराहना करना चाहते हैं, जिन्होंने मानवमात्र के कल्याण के लिए सरल रूप में देश–विदेश के, प्राचीन शास्त्रों में छिपे हुए ज्ञान को फैलाने का सफल प्रयास किया है।

प्राणीमात्र के कल्याण की हार्दिक शुभकामनाओं के साथ।

—**नरेंद्र कुमार वर्मा, चेयरमेन**
(डायमंड पॉकेट बुक्स प्रा. लिमिटेड)

पंचतत्त्व में लीन गुरुवर

डॉ. द्रोणमराजू पूर्णचंद्र राव
जन्म 15.08.1930, मोक्ष 07.04.2008

डॉ. पूर्णचंद्र राव संयुक्त राज्य अमेरिका, ऑस्ट्रेलिया, भारत, मलेशिया, थाईलैंड, दुबई, सिंगापुर, ब्राजील सहित विभिन्न देशों में मानवमात्र के लिये लाभकारी गुह्य ज्ञान का प्रचार–प्रसार करने वाले एक विलक्षण वास्तु–फेंग शुई मास्टर थे।

उन्होंने पिरामिड ऊर्जा के विषय पर विशेष शोध करने के लिए मिस्र की व्यापक यात्रा की और प्रारंभिक प्रयोगों, प्रतिक्रियाओं को इकट्ठा करने, विभिन्न प्रकार के पिरामिड असेंबली के डिजाइन में सुधार और भारत में पायरा–वास्तु नामक इस विज्ञान की स्थापना के लिए महत्त्वपूर्ण योगदान दिया।

उन्हें हमेशा वास्तु, फेंग–शुई, पिरामिड, अंक विज्ञान और व्यक्तिगत फेंग–शुई पर कई सर्वश्रेष्ठ बिकने वाली किताबों के लेखक, मानव जाति के लिए अपनी निःस्वार्थ सेवा तथा इच्छुक

विद्वानों के बीच इस समृद्ध विरासत को खुले दिल से लुटाने के लिये सदैव याद किया जायेगा।

अपनी उम्र के अन्तिम पड़ाव में भी डॉ. पूर्णचंद्र राव ने अपना अधिकांश समय वास्तु, फेंग–शुई और न्यूमेरोलॉजी के प्रमुख विशेषज्ञों के साथ बातचीत करने व उनकी जटिल भ्रान्तियों को दूर करने में बिताया। उनके निधन के उपरान्त, उनके सबसे विश्वसनीय प्रिय शिष्य पं. गोपाल शर्मा जी, इस अमूल्य विरासत द्वारा विश्व के कोने कोने में जाकर, लोगों के जीवन में स्वास्थ्य, धन और खुशी फेलाने के, उनके अधूरे मिशन को सफलतापूर्वक आगे बढ़ा रहे हैं।

—डॉ. सेवा राम जयपुरिया, प्रधानाचार्य
इन्सिट्यूट ऑफ वास्तु एंड जॉयफुल लिविंग

108 गोल्डन टिप्स
प्यार, आरोग्य, समृद्धि और सफलता के लिए

पं. गोपाल शर्मा – एक परिचय

वैदिक विद्वानों तथा आध्यात्मिक चिकित्सकों के नामी परिवार में जन्मे वास्तु विशेषज्ञ एवं ज्योतिषाचार्य, पं. गोपाल शर्मा 1968 में ब्रह्मलीन निरंजन पीठाधीश्वर आचार्य महामण्डलेश्वर यतीन्द्र स्वामी कृष्णानन्द गिरि जी महाराज द्वारा आध्यात्मिक तथा पारलौकिक कार्यक्षत्रों

में दीक्षित किये गये। 1968 से 1973 तक देहली कॉलेज ऑफ इंजीनियरिंग में अपने पांच वर्ष के अध्ययन के दौरान पं. गोपाल शर्मा की रुचि वेदान्त, हस्तरेखा शास्त्र तथा ज्योतिष की ओर हुई।

ये सब गुह्य–ज्ञान मुखर हुए उनकी गहन विचारशीलता, अध्ययन, अनुसंधान कार्य तथा बड़े–बड़े सिद्धजनों तथा सन्तों के आशीर्वाद से जो उनको देश के अनेक भागों में विस्तृत भ्रमण के दौरान प्राप्त हुए। आईशर ग्रुप कंपनियों के विकास अभियन्ता व पंजाब नेशनल बैंक के तकनीकी–अर्थशास्त्र के सलाहकार के रूप में पं. गोपाल शर्मा के अनूठे तथा कल्पनाशील योगदान को आज भी सराहा जाता है। आपने कई नये व्यवसायों की स्थापना एवं अनेक व्यवसायों के पुनरूत्थान में अभूतपूर्व योगदान दिया।

आम आदमी के जीवन को सुखी बनाने के लिए आपने विश्व के विभिन्न भागों में संगोष्ठियां की एवं समाचार–पत्रों, अनेक पत्रिकाओं में अनेकों अद्भुत लाभदायक लेख छपवाये।

पं. गोपाल शर्मा जी द्वारा विभिन्न गोष्ठियों में अनगिनत व्याख्यान मालायें नियोजित की गई एवं अनुसंधानीय लेखों द्वारा ज्योतिष, वास्तु शास्त्र, फैंगशुई, अंकविज्ञान व पिरामिड शक्ति पर 42 पुस्तकें विश्व की कई भाषाओं में छपीं। भारत के सरकारी व गैर सरकारी रेडियो व टेलीविज़न सहित दुबई, ऑस्ट्रेलिया व अमेरिका, कनाडा में भी समय–समय पर पंडित जी का साक्षात्कार होता रहता है।

पं. गोपाल शर्मा जी ने यूपी सरकार को भी पूरे ट्रोनिका सिटि की योजना बनाने के लिए अभूतपूर्व परामर्श दिया, जिसके परिणाम स्वरूप 1600 एकड़ की इस आवासीय एवं सह औद्योगिक परिकल्पना एक अभूतपूर्व सफलता साबित हुई। राज्य के सभी प्रमुख मंदिरों के बारे में शोध करने के लिए उनकी सेवाओं का उपयोग उड़ीसा के पूर्व मुख्यमंत्री द्वारा भी किया गया था।

इसके अतिरिक्त आप कई कम्पनियों, आध्यात्मिक संस्थाओं, शैक्षणिक परिषदों, वित्तीय विनियोगों तथा व्यापारिक घरानों के प्रतिष्ठित निदेशक/सलाहकार हैं। अनगिनत विशिष्ट व्यापारिक समूहों में से कुछ है–हेलमैन–जर्मनी, बिरला, यूनाइटेड शिपर्स–दुबई, थापर्स, जिंदल, सूर्या, प्रकाश पाइप्स, एक्शन ग्रुप, लूथरा और लूथरा लॉ फर्म, पास्को ऑटोमोबाइल्स, स्लीपवेल, स्विस ऑटो, साहनी टायर्स–कुवैत, गौतम एंड गौतम आर्किटेक्ट्स, संयुक्त अरब अमीरात में रॉयल फैमिलीज के सदस्य, दीपक फर्टिलाइजर एंड केमिकल्स–मुबंई, बाराजा और सैसी–स्पून चेन ऑफ रेस्टोरेंट्स, चॉइस ग्रुप–न्यूयार्क, पिरामल ग्रुप–मुबंई, रोहित बल ग्रुप ऑफ इंडस्ट्रीज, मैरियट होटल–यूएसए, अंसल, न्यू जायसवाल–नागपुर, एवीजी लॉजिस्टिक लिमिटेड, नैनीक ग्रुप–नागपुर, पतंजलि योगपीठ और कई प्रमुख रॉष्ट्रीयकृत बैंक।

अखिल भारतीय ज्योतिष संस्था संघ (रजि.) जिसके 103 केन्द्र हैं। के उपाध्यक्ष होने के साथ–साथ आप इंस्टीट्यूट ऑफ वास्तु एण्ड जॉयफुल लिविंग के संस्थापक अध्यक्ष एवं देश की

प्रमुख एनजीओ आदि शंकराचार्य वैदिक एजूकेशन सोसाइटी के उपाध्यक्ष के रूप में अनेक वर्षों से मानव–कल्याण कार्यों से जुड़े हुए हैं। आम जनता के लिए भवन–विज्ञान की इस कला के स्वार्थरहित विकास के लिए उन्हें देश–विदेश में अनेक पदकों और पुरस्कारों से भी सम्मानित किया गया है।

''भारत निर्माण'' द्वारा आपको संस्था के सर्वोच्च सम्मान 'भास्कर अवार्ड', निहासनी द्वारा सर्वश्रेष्ठ जूरी (वास्तु) के लिये राष्ट्रीय पुरस्कार तथा अन्तर्राष्ट्रीय ज्योतिष सम्मेलन– कोलम्बो में आपको डॉक्टर ऑफ वास्तु विज्ञान की उपाधि से अंलकृत किया गया है।

कुछ अन्य विशिष्ट उपलब्धियाँ हैं हुडको द्वारा ''दि रिसर्च ऑफ वैदिक कल्चर'' एवं सर गंगा राम अस्तपताल द्वारा ''आत्मज्योति'' पुरस्कार एवम् जम्मू विश्वविद्यालय के प्रांगण में ''महर्षि शौनक'' पुरस्कार तथा इस्कॉन द्वारा मिलेनियम वास्तु शास्त्री अवार्ड।

आजकल आप विश्व के अनेक देशों के विभिन्न वर्गों को आध्यात्मिक, ज्योतिषीय, वास्तु एवं फैंगशुई द्वारा परामर्श व प्रशिक्षण दे रहे हैं, जिनमें प्रमुख हैं– सिंगापुर, दुबई, बिट्रेन, मलेशिया, कनाडा, अमेरिका, स्वीडन, दक्षिण अफ्रीका, सेशेल्स, श्रीलंका, नेपाल, जापान, इथोपिया लेबनान, नाइजीरिया, तंजानिया, वियतनाम, ऑस्ट्रेलिया, कुवैत, संयुक्त अरब अमीरात, ओमान, मॉरीशस, ग्रीस, फ्रांस, जाम्बिया व बोत्सवाना।

108 गोल्डन टिप्स
प्यार, आरोग्य, समृद्धि और सफलता के लिए

डॉ. सेवा राम जयपुरिया

रत्नों एवं ज्योतिष के प्रकाण्ड विद्वान  डॉ. सेवा राम जयपुरिया ने आज देश के ख्यातिप्राप्त चुनिंदा रत्न विशेषज्ञों की श्रेणी में अपना विशिष्ट स्थान एवं पहचान बनाई है। बाल्यावस्था से मेधावी जयपुरिया जी को रत्नों के प्रति विशेष आकर्षण था वे रत्नों के विषयों में जानकारी प्राप्त करते रहते थे। कहावत है कि गंध एवं विद्वता छुपाए नहीं छुपती।

04 अक्टूबर, 1984 को मुम्बई में रत्न आभूषण निर्यात संवर्धन परिषद्, वाणिज्य मंत्रालय भारत सरकार द्वारा संचालित इंडियन डॉयमण्ड इंस्टीट्यूट सूरत (गुजरात) में प्रथम स्थान प्राप्त करने पर सेवा राम जयपुरिया को प्रसिद्ध अभिनेत्री एवं सांसद श्रीमती वैजयन्ती माला बाली द्वारा राष्ट्रीय पुरस्कार प्रदान किया गया। इससे पूर्व रत्न शिल्पी एवं प्रशिक्षण महाविद्यालय जयपुर से प्रथम श्रेणी में डिप्लोमा प्राप्त किया था। भारतीय रत्न विज्ञान संस्थान दिल्ली से भी रत्न–विज्ञान में डिप्लोमा प्राप्त किया। आपने इंडियन कांउसिल ऑफ एस्ट्रोलोजीकल साइंसिस मद्रास, दिल्ली चैप्टर से ज्योतिष में पोस्ट विशारद की शिक्षा ग्रहण की।

तत्पश्चात श्री लाल बहादुर शास्त्री राष्ट्रीय संस्कृत विद्यापीठ के विभिन्न सोलह पाठ्यक्रमों जैसे कि ज्योतिशास्त्र में रोग विचार, ग्रह दोष कारण और निवारण, मुहुर्त शास्त्र, मंत्र शास्त्र, लघु–पराशरी, मध्य–पराशरी एवम् वास्तुशास्त्र में, पी.जी. डिप्लोमा प्राप्त किया।

108 गोल्डन टिप्स
प्यार, आरोग्य, समृद्धि और सफलता के लिए

सन् 2008 में मीडिया ट्रस्ट ऑफ इंडिया द्वारा श्री रविशंकर जी के कर कमलों से ज्योतिष शास्त्र में शोध कार्यों के लिए आपको "मास्टर ऑफ विज़डम" की उपाधि से सम्मानित किया गया। अंतर्राष्ट्रीय ज्योतिष एवं अध्यात्मिक संघ कोलम्बो (श्रीलंका) द्वारा आपको "डॉक्टर ऑफ ज्योतिष विज्ञान" की उपाधि से अलंकृत किया गया। जन–साधारण के लाभार्थ डॉ. सेवा राम जयपुरिया के राष्ट्रीय स्तर के अनेक समाचार पत्रों व पत्रिकाओं में रत्नों एवं ज्योतिष पर शोधपूर्ण लेख समय–समय पर प्रकाशित होते रहते हैं।

2011–12 में आपने चेन्नई स्थित के.पी. स्टैलर एस्ट्रोलोजिकल रिसर्च इन्स्टिट्यूट से कृष्णामूर्ति पद्धति पर आधारित पाठ्यक्रम श्री के. हरिहरन के सान्निध्य में किया एवं वास्तु आरोग्यम् द्वारा जियोपैथिक स्ट्रेस एवं डाऊसिंग का ज्ञान प्राप्त किया तथा इसके प्रयोग द्वारा अनेक लोग लाभान्वित हो रहे हैं।

वर्तमान समय में आप "इंस्टिट्यूट ऑफ वास्तु एवं जॉयफुल लिविंग" में प्रधानाचार्य पद पर कार्यरत हैं। आप इंस्टीट्यूट द्वारा आयोजित विभिन्न पाठ्यक्रमों में विद्यार्थियों को शिक्षा प्रदान करते हैं एवम् अखिल भारतीय ज्योतिष संस्था संघ के परीक्षा नियंत्रक कमेटी के सदस्य हैं। आपको अखिल भारतीय ज्योतिष संस्था संघ द्वारा आचार्य, प्राचार्य एवं "ज्योतिष महर्षि पराशर" की उपाधि से सम्मानित किया गया है। आपके इस सर्वश्रेष्ठ योगदान से रत्न–विज्ञान, ज्योतिष, वास्तु विधाओं में उत्तरोत्तर प्रगति हो तथा आप नित–नए कीर्तिमान स्थापित करें।

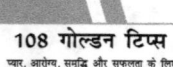

स्नेहमय आभार

मां वीणावादिनी का वरदहस्त तथा विश्व के कोने–कोने से भेजे गये इष्ट मित्रों, प्रशंसकों एवं प्रबुद्ध पाठकों के असंख्य पत्र इस पुस्तक को लिखने की प्रेरणा देते रहे, वहीं परम श्रद्धेय गुरुवर डॉ. द्रोणमराजू पूर्णचन्द्र राव व दैवज्ञ शिरोमणि डॉ. भोजराज द्विवेदी द्वारा कुछ मौलिक अनुभूत प्रयोगों की जानकारी तथा विस्तृत ज्ञान का संकलन भी इस पुस्तक की प्रस्तुति में सहायक रहा।

इसके अतिरिक्त मैं अनुग्रहित हूँ योगऋषि स्वामी रामदेव जी एवं आदिशंकराचार्य वैदिक ऐजुकेशन सोसायटी के अध्यक्ष श्री गगन अग्रवाल जी, जिन्होंने सदैव हमारे हर कार्य को सहयोग व प्रोत्साहन दिया।

साथ ही मैं हार्दिक धन्यवाद प्रकट करता हूं इस पुस्तक के प्रारम्भ से पूर्ण होने तक प्रेमपूर्ण सहयोग के लिए अपनी अर्धागंनी श्रीमती लक्ष्मी शर्मा का, जिनके निःस्वार्थ समर्पण के बिना इस जीवन की समस्त उपलब्धियां असंभव थीं।

अंत में आभार प्रकट करता हूँ श्री नरेन्द्र वर्मा जी, चैयरमेन डायमंड पॉकेट बुक्स एवं समस्त साथियों का जिनके अनन्त उत्साह एवं लगन के बिना यह पुस्तक इस रूप में पाठकों के समक्ष नहीं पहुँच पाती।

बार–बार किसी भी पुस्तक का प्रकाषित होना निष्चय ही लेखक के लिए हर्ष का विषय होता है। इसके लिए मैं अपने सभी पाठकों का हृदय से साधुवाद देता हुआ उनके सार्थक सुझावों की अपेक्षा रखता हूँ जिससे यह जीवन उपयोगी पुस्तकों के लेखन की दिशा में सदैव गतिषील रह सकें।

–पंडित गोपाल शर्मा

108 गोल्डन टिप्स

वास्तु/फेंग-शुई

मानव जीवन में इसका महत्त्व

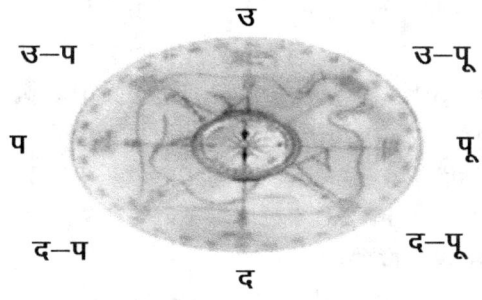

उ
उ–प
उ–पू
प
पू
द–प
द–पू
द

वास्तु शास्त्र प्राचीन भारतीय विरासत के सबसे मूल्यवान खजाने में से एक है। वास्तु एक विज्ञान है, जो प्रकृति के नियमों से संबंधित है और सर्वशक्तिमान के इस बल के साथ सद्भाव में रहना सुनिश्चित करता है। यह एक सार्वभौमिक विषय है, जो जाति, पंथ, लिंग, रंग और राष्ट्रीयता के बावजूद हम में से प्रत्येक को लाभान्वित करेगा। वास्तु के उपनियम घर और पर्यावरण के साथ एक इंसान से संबंधित हैं। वास्तु के अनुसार डिजाइन किया गया और सजाया गया एक अच्छा और स्वस्थ वातावरण स्वस्थ शरीर में स्वस्थ मन को सुनिश्चित करता है।

यह मानते हुए कि पृथ्वी एक जीवित जीव है, जिसमें से अन्य जीवित जीव और जैविक रूप निकलते हैं, और इसलिए पृथ्वी और अंतरिक्ष के प्रत्येक कण में 'जीवित ऊर्जा' होती है इन पर वास्तु की बुनियादी बातें टिकी हुई हैं। वास्तुशास्त्र के अनुसार पांच तत्त्व– पृथ्वी, अग्नि, जल, वायु या वायुमंडल और आकाश या अंतरिक्ष – सृष्टि के सिद्धांतों को नियंत्रित करते हैं। ये ताकतें सामंजस्य और असहमति पैदा करने के लिए एक–दूसरे के खिलाफ काम करती हैं। यह भी कहा जाता है कि पृथ्वी पर सब कुछ किसी–न–किसी रूप में नौ ग्रहों से प्रभावित है, और इनमें से प्रत्येक ग्रह एक दिशा की रक्षा करता है। इसलिए हमारे

आवास पाँच तत्वों और नौ ग्रहों के प्रभाव में रहते हैं।

यदि आपके घर की संरचना वास्तुशास्त्र के अनुसार डिजाइन/ सुसज्जित है तो सकारात्मक शक्तियां नकारात्मक शक्तियों को पार कर जाती हैं और इससे लाभकारी बायोएनर्जी रिलीज होती है, जो आपको और आपके परिवार के सदस्यों को खुशहाल और स्वस्थ जीवन जीने में मदद करती है। एक अच्छे वास्तु ब्रह्मांडीय क्षेत्र में एक सकारात्मक ब्रह्मांडीय क्षेत्र प्रबल होता है, जहां वातावरण सहज और सुखी जीवन के लिए अनुकूल होता है। इसके विपरीत, यदि एक ही संरचना इस तरह से बनाई गई है कि नकारात्मक शक्तियां सकारात्मक को ओवरराइड करती हैं, तो नकारात्मक क्षेत्र आपके कार्यों, प्रयासों और विचारों को नकारात्मक बनाता है। यहाँ पर वास्तु से लाभ मिल सकता है, जो आपको घर में सकारात्मक माहौल बनाने के लिए मार्गदर्शन करता है।

उ–प हवा	उत्तर	उ–पू पानी
पश्चिम	खाली	पूर्व
द–प पृथ्वी	दक्षिण	द–पू अग्नि

चीन, जापान, सिंगापुर, हांगकांग, मलेशिया और कई अन्य एशियाई देशों में प्रचलित वास्तु को फेंग–शुई के रूप में जाना जाता है, जो प्रकृति से बेहतर से बेहतर लाभ उठाने के लिए आंतरिक सजावट के माध्यम से ऊर्जा को संतुलित करने की कला है। यह अद्भुत विज्ञान धीरे–धीरे यूरोप, कनाडा, यू.एस.ए., ऑस्ट्रेलिया और यहां तक कि खाड़ी देशों सहित ग्लोब के विभिन्न हिस्सों में फैल रहा है।

वास्तु/फेंग–शुई और पिरामिड पावर के सभी दिशा–निर्देश वैज्ञानिक, तार्किक, व्यावहारिक हैं जो सार्वभौमिक तथ्य द्वारा समर्थित हैं। विज्ञानों की इन मूल बातों को अपनाकर पृथ्वी और सौर ऊर्जा की चुंबकीय ऊर्जा का बेहतरीन दोहन किया जाता है। चूँकि सूर्य प्रमुख ब्रह्मांडीय इकाई है और हम पृथ्वी पर रहते हैं, जो एक माँ की तरह सभी का पोषण करती है, वे सभी सुख और आनंद का खजाना हैं।

प्राकृतिक और वातावरण में निर्मित सूक्ष्म ऊर्जा मानव को प्रभावित करती है और उन लोगों द्वारा भी सत्यापित और सराहना की जाती है जो शुरू में उन पर विश्वास नहीं करते थे। इस प्रकार वास्तुकारों और वास्तु विशेषज्ञों के बीच तालमेल की बहुत आवश्यकता है। एक वास्तुकार एक सुन्दर पॉश घर का निर्माण तो कर सकते हैं, लेकिन उस घर में रहने वाले लोगों को एक खुशहाल जीवन का आश्वासन नहीं दे सकते हैं, जबकि वास्तु विज्ञान उनमे रहने वाले मालिक को शांति, समृद्धि और प्रगति का आश्वासन देता है।

यहां तक कि उन मामलों में, जहां घर या कार्यालय पहले से ही बनाये गये हैं, हम इस पुस्तक में दिए गए सरल दिशा–निर्देशों को ध्यान में रखकर विभिन्न उपकरणों, प्रतीकों, पौधों, रंगों और साज–सज्जा आदि की मदद से उनकी सकारात्मक ऊर्जा को बढ़ावा दे सकते हैं।

विषय सूची

108 गोल्डन टिप्स
प्यार, आरोग्य, समृद्धि और सफलता के लिए

1 दर्पण बदल सकता है आपका भाग्य

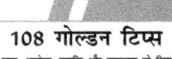

आईने अथवा दर्पण प्रत्येक घर में लगे होते हैं। ये जहाँ भी लगे होते हैं 'ची' शक्ति के प्रवाह में शक्तिशाली परिवर्तन करते हैं। यह परिवर्तन पूरे घर को यहाँ तक कि परिवार के प्रत्येक सदस्य को प्रभावित करता है। पति–पत्नी के संबंधों को विशेष रूप से प्रभावित करता है।

जब दर्पण सही कोण में, सही स्थान पर और पूर्वाभिमुख लगे हों, तो वे फेंग–शुई की शुभ–तरंगों को परावर्तित करके घर में सुख और शांति बनाए रखते हैं।

यदि दर्पण गलत दिशा में और गलत स्थान पर लगे हों, तो ये घर में अशांति, कलह और दुःख फैलाते हैं। यहाँ तक कि पति–पत्नि के बीच स्थाई अलगाव पैदा कर सकते हैं।

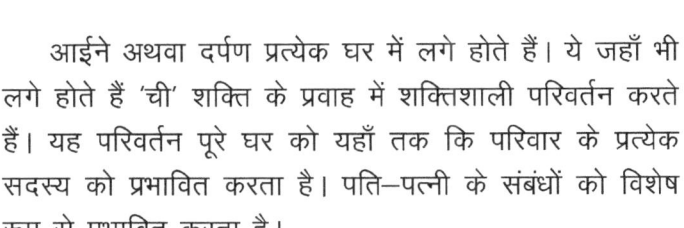

108 गोल्डन टिप्स
प्यार, आरोग्य, समृद्धि और सफलता के लिए

अतः दर्पण हमेशा उपयुक्त स्थान पर सावधानीपूर्वक लगाने चाहिए।

– फेंग–शुई में कहा गया है कि गृहस्वामी के शयनकक्ष में लगा दर्पण, यदि वहाँ बिछे पलंग को परावर्तित करता है, तो यह उसके वैवाहिक जीवन के लिए अत्यंत घातक सिद्ध होता है।

– अन्य शयनकक्षों में जहाँ–जहाँ भी दर्पण लगे हों और उनमें पलंग परावर्तित होते हों, तो उन पलंगों पर सोने वाले लोगों के बीच में हमेशा अनबन और मतभेद बना रहता है।

– ऐसे कक्षों में दाम्पत्य मिलन भी दुःख और अशांति का कारण बन सकता है। सोते समय शरीर का जो भी भाग दर्पण में दिखाई देता है उसमें अवश्य कष्ट होता है। इसी प्रकार घर के अन्य कक्षों में लगे दर्पण भी खुशी अथवा दुःख का कारण बनते हैं।

– यदि दर्पण घर के मुख्य–द्वार को सीधे–सीधे परावर्तित कर रहा हो, तो वहाँ भाग्यशाली 'ची' शक्ति नहीं ठहर पाती और घर में अभाव, दुःख, कष्ट, क्लेश आदि बने रहते हैं। ऐसे घरों में रहने वाले लोगों को प्रायः घर से बाहर, यात्रा में रहना पड़ता है, घर पर ये कम ही ठहर पाते हैं। यहाँ पति–पत्नि में दरार उत्पन्न हो सकती है और यदि ज्योतिषीय ग्रह–नक्षत्र भी उनके प्रतिकूल हुए तो तलाक तक की स्थिति आ जाती है।

– यदि दर्पण मुख्य–द्वार को पूरी तरह से परावर्तित न भी कर रहा हो, आपको आंशिक रूप से ऐसा होता नज़र आ रहा हो, तो भी बच्चे आशा से पहले ही घर से अलग होकर रहने लगते हैं।

– दर्पण को अंधेरे में या ऐसे कोने में भी नहीं लगाना चाहिए, जहाँ उसका उपयोग ही न हो सके।

दर्पण को कहाँ लगाएँ

– दर्पण को हमेशा पर्याप्त प्रकाश वाले स्थान पर लगाना चाहिए।

– दर्पण के पास पेड–पौधों के गमले रख देने चाहिएं। इस प्रकार घर में पैदा होने वाली 'ची' ऊर्जा दुगनी होकर नकारात्मक ऊर्जा को नष्ट कर देती है और घर में सुख–शांति बनी रहती है। दर्पण हमेशा उत्तर, पूर्व या उत्तर पूर्व की दीवार पर ही लगाएँ।

2 | योग्य पति पाने हेतु संतरों का प्रयोग

फेंग–शुई में संतरों को बहुत पवित्र और भाग्यशाली माना गया है। गृह–वास्तु की चीनी विद्या फेंग–शुई में संतरे को 'कुम' कहते हैं, जिसका अर्थ है 'स्वर्ण' अर्थात सोना। अच्छा पति पाने की चाह हर युवती के मन में रहती है। माता–पिता भी चाहते हैं कि उसकी पुत्री को अच्छा पति मिले इसके लिए फेंग–शुई का यह नायाब टोटका आजमाएँ:

नए वर्ष के आरम्भ में पूर्णमासी के दिन पन्द्रह संतरे लाएँ और उन्हें घर के प्रत्येक कमरे में दो–दो, एवं तीन–तीन करके रख दें। रात्रि के समय इन संतरों को, खुली चाँदनी रात में, नदी, तालाब अथवा किसी झील आदि में प्रवाहित कर दें। संतरों को जल में छोड़ते समय आँखें बंद रखें और अच्छे अथवा मनचाहे पति की छवि अपने दिमाग में केन्द्रित रखें। संतरे जल में प्रवाहित करने के बाद घर पर आ जाएँ और मीठी नींद लें।

यह प्रयोग प्रत्येक पूर्णमासी की रात्रि को अपना उद्देश्य पूर्ण होने तक करें। संतरों को बहते जल में प्रवाहित करना अच्छा माना गया है। आस–पास नदी आदि न होने पर नहर, तालाब, समुद्र आदि का प्रयोग करें।

फेंग–शुई में इस प्रयोग को रामबाण कहा गया है। अच्छा और मनचाहा पति पाने के लिए युवतियों को संतरे का यह प्रयोग अवश्य आजमाना चाहिए।

3 रोमांस के लिए मोमबत्तियाँ

किसी को अपनी ओर आकर्षित करने के लिए, रोमांस अथवा प्रेम में वृद्धि के लिए अथवा पति—पत्नि या प्रेमी—प्रेमिका में एक—दूसरे के प्रति प्रगाढ़ प्रेम उत्पन्न करने के लिए, युवक—युवती दोनों ही यह प्रयोग कर सकते हैं।

अपने घर के प्रत्येक कक्ष के दक्षिण—पश्चिम अर्थात् नैऋत्य कोण में, पूर्णिमा की रात को, लाल अथवा पीली मोमबत्तियाँ जलाएँ ये मोमबत्तियाँ फेंग—शुई के अंतर्गत 'ची' शक्ति को जागृत करती हैं। सफेद अथवा काली मोमबत्तियाँ भूलकर भी न जलाएँ, यह विपरीत प्रभाव डालती हैं और 'ची' की शक्ति को नष्ट कर देती हैं। पूर्णिमा की रात को ही शुभ 'ची' शक्ति को बढ़ाने के लिए भी यह प्रयोग करें।

— एक चौड़े और गहरे प्याले में पानी भरें। इस प्याले में दीए के आकार की चार—पाँच, लाल—पीली मोमबत्तियाँ जलाकर तैरने दें। अगर आपके पास कुछ रत्न आदि हों, जैसे—पुखराज, पन्ना, नीलम, माणिक्य, मोती, हीरा आदि तो इनमें से सात रत्न लेकर पानी में डाल दें। अब लकड़ी का एक छोटा टुकड़ा और

25

कोई भी एक फूल गुलाब, गेंदा, चमेली आदि पानी में छोड़ दें। अपनी सोने की अँगूठी अथवा सोने का एक छोटा टुकड़ा भी पानी में डाल दें। इस प्याले को बैठक में मेज पर रख दें और इसका प्रभाव देखें।

यह प्याला ब्रह्माण्ड के पंच–तत्वों का प्रतिनिधित्व करता है। जलती हुई मोमबत्तियाँ अग्नि का, रत्न अथवा पत्थर के टुकड़ों भूमि अथवा पृथ्वी का, जल, जल तत्त्व का, स्वर्ण धातु तत्त्व का और लकड़ी का टुकड़ा काष्ठ तत्व का प्रतिनिधित्व करता है।

इस प्रकार आपके घर में ब्रह्माण्ड की जीवंत ऊर्जा 'ची' चमत्कारी प्रभाव उत्पन्न करती है। इस समय आप जिस किसी व्यक्ति को अपने आकर्षण में बाँधना चाहते हों, अपने यहाँ आमंत्रित करें और 'ची' शक्ति का प्रभाव देखें। यह प्रयोग प्रत्येक पूर्णिमा की रात्रि को करें। इससे रोमांस और प्रेम में वृद्धि के साथ–साथ आमंत्रित लोगों से अपने मनचाहे काम करवाए जा सकते हैं।

जब आपके घर में कोई विशिष्ट अतिथि अथवा मित्र आए हों, तब यह प्रयोग अवश्य करें और 'ची' शक्ति को अपने अनुकूल प्रवाहित होते देखें। इस प्रयोग की सहायता से शत्रुओं को भी अपने अनुकूल बनाया जा सकता है।

विशेष

– रत्न अच्छा प्रभाव डालते हैं, किंतु यदि रत्न उपलब्ध न हों तो छोटे–छोटे पत्थर के सात टुकड़ों को डालकर काम चलाया जा सकता है।

– सिद्धि का प्रयोग केवल पवित्र प्रेम की वृद्धि के लिए ही किया जाता है। इस सिद्धि का प्रयोग अनुचित कार्यों के लिए पूर्णतया वर्जित है। अनुचित कार्य के लिए इसका प्रयोग करने पर विपरीत परिणाम प्राप्त हो सकते हैं।

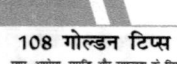

4 क्रिस्टल के द्वारा प्रेम में वृद्धि

क्रिस्टल अथवा 'स्फटिक' को सकारात्मक ऊर्जा का अच्छा स्रोत कहा गया है, इसलिए क्रिस्टल का प्रयोग ऊर्जा–वृद्धि के लिए करते हैं। रेकी–चिकित्सा में क्रिस्टल का प्रचुर प्रयोग होता है। फेंग–शुई में भी क्रिस्टल को महत्त्वपूर्ण स्थान प्राप्त है।

क्रिस्टल, घर के पृथ्वी तत्त्व की ऊर्जा को बढ़ाने का बहुत बढ़िया माध्यम हैं।

— घर के दक्षिण—पश्चिम कोने में रखे गए क्रिस्टल घर के सदस्यों मे प्रेम और सामंजस्य बनाए रखते हैं।

— यहाँ रखे गए क्रिस्टल इस क्षेत्र की 'ची' ऊर्जा को प्रभावकारी और अत्यंत सकारात्मक बना देते है, जिससे घर के सदस्यों, विशेषकर पति—पत्नी, प्रेमी—प्रेमिका में प्रेम—भाव की अभिवृद्धि होती है।

यदि किसी युवती का विवाह न हो पा रहा हो, तो वह यह नुस्खा अवश्य प्रयोग में लाए। इस प्रकार 'ची' शक्ति के प्रभाव से उसे निश्चित ही अच्छा जीवन—साथी मिलता है। इसके लिए यह आवश्यक है कि घर के दक्षिण—पश्चिम कोण को बड़े—बड़े अनेक क्रिस्टलों से ऊर्जामय बनाया जाए।

— घर के दक्षिण—पश्चिम कोण में एक मेज पर बड़े—बड़े क्रिस्टल, क्रिस्टल बाउल और दिल के आकार के क्रिस्टल सजाकर रखें। इनके ठीक उसपर टेबल लैम्प या एक बल्ब जलाकर रखें। इससे क्रिस्टल अधिक ऊर्जामय होकर प्रेम की 'ची' शक्ति का प्रवाह निरंतर बनाए रखते हैं।

विशेष

– यदि क्रिस्टल छोटे हों, तो उनकी माला बनाकर पहनें। छोटे क्रिस्टल माला के लिए उपयुक्त होते हैं, घर के कोने में रखने के लिए नहीं।

– अपने क्रिस्टलों को किसी को भी स्पर्श नहीं करने दें। ध्यान रखें कि क्रिस्टल के निकट सदैव सकारात्मक सोच रखें।

– जहाँ क्रिस्टल रखे हों, उस कमरे में यदि आप लड़ाई–झगड़ा अथवा नकारात्मक बातें करते हैं तो क्रिस्टल हानिकारक ऊर्जा छोड़ने लगते हैं, ऐसी स्थिति में आवश्यक है कि क्रिस्टलों को शुभ कर लिया जाए। इसके लिए क्रिस्टलों को नमक मिले पानी से ठीक प्रकार से धोकर 3–4 घंटे के लिए तेज धूप में रख दें।

– अगर वर्षा का मौसम हो, तो क्रिस्टलों को एक गहरी थाली में रखकर छत के ऊपर रख दें। आकाशीय बिजली क्रिस्टलों को जीवंत ऊर्जा से भर देती है। क्रिस्टलों को ऊर्जामय बनाने का यह सबसे अच्छा उपाय है।

क्रिस्टलों को घर के दक्षिण–पश्चिम कोण में रखकर वास्तव में आप अपने घर की भू–ऊर्जा को प्रभावकारी बनाते हैं, जो परिवार के सदस्यों में भाईचारे, एकता और सामंजस्य की भावना को बढ़ाती है।

5 | भू-ऊर्जा को जीवंत बनाए रखें

घर के दक्षिण–पश्चिम कोण में क्रिस्टल रखने के साथ.साथ पूरे घर को प्रकाशित रखें। यह अवश्य सुनिश्चित करें कि घर का कोई भी कोना अंधकार में डूबा न रहे। यहाँ तक कि स्टोर, गैराज आदि भी साफ–स्वच्छ और प्रकाशित रहें।

इस प्रकार आप अपने घर की 'फेंग–शुई' और प्रकाश की शक्ति 'येंग' में चमत्कारी अभिव्यक्ति करते हैं।

घर के दक्षिण–पश्चिम कोण में चीनी मिट्टी अथवा साधारण मिट्टी के बने सुंदर और कलात्मक गूलदान अथवा कलश रखें। ये भी भूमि की 'ची' शक्ति को मजबूती प्रदान करते हैं।

घर के दक्षिण–पश्चिम कोण में सात प्रकार के स्वच्छ और स्पष्ट क्रिस्टल रखें। ये भी भू–ऊर्जा को चमत्कारी रूप से बढ़ाते हैं, जिससे घर में सुख, शांति, एकता, अनुशासन और सामंजस्य स्थायीपन से बना रहता है। इस बात का अवश्य ध्यान रखें कि क्रिस्टल खूबसूरत एवं तराशे हुए हों।

– क्रिस्टल की फेंग–शुई ऊर्जा को बढ़ाने के लिए इन्हें नमक मिले पानी में एक सप्ताह रखें और निकालकर गंगाजल से धोएँ और तेज खुली धूप में 4 से 6 घंटे रखें, फिर उपयोग में लें। इस प्रकार ऊर्जायुक्त ये क्रिस्टल सभी प्रकार की नकारात्मक ऊर्जा को नष्ट करते हैं।

– इस प्रकार के क्रिस्टलों को घर के दक्षिण–पश्चिम कोण में रखने से ये भू–ऊर्जा 'ची' को तो बढ़ाते ही हैं, अविवाहित युवती के विवाह के योग भी बनाते हैं।

31

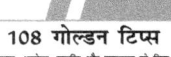

6 फूलदान-प्रेम एवं रोमांस के प्रतीक

फूलदान या गुलदस्ते और उसमें रखे हुए फूल घर एवं उसके आस—पास के वातावरण को खुशनुमा बना देते हैं। फेंग—शुई में चीनी मिट्टी के फूलदान, कलश आदि को फूलों के साथ घरों में सजाने को महत्व दिया गया है। ये फूलदान घर में शांति और ताल—मेल बनाए रखते हुए प्रेम और रोमांस में वृद्धि करते हैं।

– यह आवश्यक नहीं है कि फूलदान में लगे हुए फूल प्राकृतिक हों, ये फूल रेशम, सिल्क आदि के भी हो सकते हैं। रंग—बिरंगे मनपसंद फूल लगाएँ। मौसम के अनुरूप उनमें बदलाव करते रहें।

– दिशाओं के अनुरूप रंगों के फूल रखने पर शीघ्र और अपेक्षित लाभ प्राप्त होता है।

– पश्चिम दिशा में अपने मनपसंद सफेद रंग के फूल गुलदान में सजाकर रखें।

– उत्तर दिशा में नीले और बैंगनी फूल लगाएँ।

- लाल, गुलाबी तथा अन्य रक्ताभ फूल, गूलदान में सजाकर दक्षिण दिशा में लगाएँ।
- पूर्व दिशा में गुलाबी या सफेद फूल सर्वश्रेष्ठ हैं।
- दक्षिण–पश्चिम यानि नैऋत्य और उत्तर–पूर्व यानि ईशान दिशा में पीले रंग के फूल, गूलदान में सजाकर रखें।
- फूलदान को रसोईघर में कभी न रखें।
- शयनकक्ष में ताजे फूल अथवा ताजे फूलों से युक्त फूलदान नहीं रखने चाहिए। फेंग–शुई में इसे भाग्यवर्धक नहीं माना गया है।
- घर में, पति–पत्नी और बच्चों में प्रेम, सामंजस्य और शांति बनाए रखने के लिए एक बड़े फूलदान में ताड़ और बाँस की एक–एक गुट लम्बी, पतली टहनियाँ डालकर बैठक के बीच में अथवा दक्षिण–पश्चिम कोण में रख दें। फेंग–शुई की यह 'ची' शक्ति पति–पत्नी के साथ–साथ बच्चों को विशेष भाग्यशाली बनाती है।
- फूलदान में ओउम्, स्वास्तिक, क्रॉस, क्रिस्टल, सोने, चाँदी के सिक्के अथवा रत्न आदि डालकर, रसोईघर एवं शौचालय को छोड़कर, कहीं भी रखें। यह फूलदान आपके घर में साक्षात् लक्ष्मी के आगमन में सहायक होगा।

108 गोल्डन टिप्स
प्यार, आरोग्य, समृद्धि और सफलता के लिए

7 एक-दूसरे के लिए कैसे बनें

दाम्पत्य जीवन में प्रेम और शांति होना आवश्यक है। फेंग–शुई के कुछ दिशा–निर्देंशों को अपनाकर आप एक–दूसरे के लिए प्रेम–प्यार में सुखी जीवन बिता सकते हैं।

– घर की बैठक के दक्षिण–पश्चिम कोण में लाल–पीली मोमबत्तियाँ, लाल लालटेन अथवा लाल लैम्प जलाएँ इनसे घर में फेंग–शुई की 'येंग' ऊर्जा का उदय होता है, जो प्रेम और शांति की देवदूत है।

– उसी दिशा में मेज पर क्रिस्टल, ओउम् और स्वस्तिक चिन्ह रखें।

– दक्षिण–पश्चिम कोण में ही लव बर्ड, हंस अथवा मंडेरियन बत्तख़ के प्रतिमान जोड़ों में रखें।

– दक्षिण–पश्चिम दीवार पर किसी विशाल पर्वत का चित्र टाँगें। ध्यान रखें कि चित्र में जल, नदी, झरना आदि न हों, वरना विपरीत परिणाम प्राप्त होते हैं।

इनके अतिरिक्त शयनकक्ष में सोते समय भी कुछ बातों को ध्यान में रखना आवश्यक है, क्योंकि अधिकतर रिश्ते शयनकक्ष में ही बनते और बिगड़ते हैं। इन बातों का ध्यान रखें।

– पलंग को द्वार के सामने दक्षिण–पश्चिम कोण की दीवार से सटाकर रखें।

– शयनकक्ष में दर्पण न लगाएँ। किंतु यदि दर्पण लगे हों, तो उन पर पर्दा आदि डाल दें। जिससे उनमें पलंग और उस पर सोने वाले व्यक्ति न दिखाई दें।

– तकिये गोलाकार रखें। अपनी भाग्यशाली दिशा की ओर सिर

करके शयन करें।

— शयनकक्ष में कम्प्यूटर, फ्रिज और टी.वी. आदि न रखें।

— शहतीर के ठीक नीचे न सोएँ यह सिर–दर्द, तनाव और अशांति का कारण बन सकता है।

— एक्वेरियम (मछली–घर) और जल–संग्रह वाले ऐसे ही सजावटी सामान शयनकक्ष में न रखें।

108 गोल्डन टिप्स
प्यार, आरोग्य, समृद्धि और सफलता के लिए

8 रिश्तों को तोड़ते हैं लाल गुलाब

अगर आप वेलेन्टाइन डे अथवा अन्य किसी शुभ अवसर पर अपने मित्रों, संबंधियों आदि को लाल रंग के गुलाब, 'बुके' आदि देने जा रहे हैं तो सावधान हो जाएँ। फेंग–शुई के अंतर्गत लाल गुलाब को शुभ नहीं माना जाता, विशेषकर काँटों के साथ।

– काँटों को अशुभ ऊर्जा का स्रोत कहा गया है। लाल गुलाब उसके काँटों के साथ किसी को दिया जाए, तो वह रिश्ता अधिक दिन तक नहीं चलता। यदि आप ऐसा करते हैं तो समझ लीजिए कि आपने रिश्ता, प्रेम, संबंध आदि तोड़ने की शुरूआत कर दी है। अतः इससे बचें।

कुछ पूर्वी देशों चीन, जापान आदि में प्राचीन परम्पराओं के अनुसार मान्यता है कि किसी रोगी को लाल गुलाब अथवा इनका बुक्के भेंट न करें इनसे रोग घटने की बजाय बढ़ता है। रोगी को कांटों रहित पीले गुलाबों का बुके भेंट किया जा सकता है।

कुछ लोग गहरे रंग के गुलाब भेंट स्वरूप एक दूसरे को देते हैं, लेकिन फेंग शुई में इन रंगों के गुलाबों को अशुभ लक्षण का प्रतीक माना गया है और यहाँ तक कहा गया है कि अस्पताल में किसी के स्वास्थ्य लाभ की कामना करते हुए, यदि ऐसे गुलाब दिए जाएँ तो ये मरीजों के लिए हानिकारक सिद्ध होते हैं।

– गहरे अथवा लाल रंग के गुलाब प्रेम संबंधों पर अशुभ प्रभाव डालते हैं। काँटों के साथ इनका अशुभ–नकारात्मक प्रभाव दुगना हो जाता है। ऐसे गुलाब देने वाले और ग्रहण करने वाले अधिक दिनों तक मित्र नहीं रहते। उनकी मित्रता टूट जाती है।

– ऐसे कांटो सहित गुलाब आदान–प्रदान करने वाले पति–पत्नी के संबंधों में भी कड़वाहट भरने लगती है।

यह पढ़कर आप पूरी गुलाब–जाति को ही अपना शत्रु न मान लें। पीले गुलाब अन्य पीले गूलों की भाँति आपके शुभचिंतक और हितैषी हो सकते हैं। लाल गुलाब को तो उसके रंग के कारण अशुभ माना गया है।

– अपने किसी भी शुभचिंतक, मित्र, संबंधी आदि को पीले गुलाब–काँटे अलग करके भेंट करें फेंग–शुई में पीले रंग को बड़ा शुभ माना गया है। पीले गुलाबों में फेंग शुई की 'येंग' ऊर्जा और पृथ्वी की भू–ऊर्जा होती है, जो सभी पर शुभ प्रभाव डालती है।

– बुके हमेशा पीले गुलाबों (अन्य पीले फूलों का समावेश किया जा सकता है) का बनवाएँ इनके काँटे हटवाना हमेशा याद रखें। कृपया गौर करें। आप भेंट में काँटे लेना पसंद करेंगे कदापि नहीं। अतः किसी को काँटे दें भी नहीं। याद रखें , काँटे जितना चुभने पर दर्द करते हैं, उतने ही, बिना चुभे भी इनकी अशुभ ऊर्जा हमें हानि पहुँचाती है।

– नव–दम्पति अथवा प्रेमी–प्रेमिका प्रथम भेंट में एक दूसरे को पीले गुलाबों का ही बुके भेंट करें। इसमें ताजी पत्तियाँ और कोपलें अवश्य लगवाएँ। इससे प्रेम–संबंध मजबूत होता है। परवान चढ़ते प्रेम के लिए यह भेंट बहुत शुभकारी है। इससे प्रेम संबंधों में उत्साह और ताजगी बनी रहती है।

– सावधान! भेंट में बनावटी अथवा सूखे फूल कभी न दें। फेंग शुई के अंतर्गत इन्हें मृत्यु–तुल्य कहा गया है।

घर में सजावट और 'येन' ऊर्जा की वृद्धि के लिए गुलाबी और हल्के नीले गुलाब लगाए जा सकते हैं। इनके काँटे अवश्य अलग कर दें।

9 निःसंतान लाल लैम्प जलाएँ

विश्व की सभी सभ्यताओं में वंश–वृद्धि और संतानोत्पत्ति को समाज की एक पारम्परिक आवश्यकता माना गया है, लेकिन कुछ दम्पति इस सुख से वंचित होकर समाज में मान–प्रतिष्ठा और सम्मान हासिल नहीं कर पाते। फेंग–शुई में संतान, विशेषकर पुत्र की प्राप्ति के लिए लाल लैम्प का एक प्रभावकारी प्रयोग बताया गया है। संतानहीन दम्पति (यदि वे शारीरिक रूप से इसके अयोग्य न हों तो) इस प्रयोग को उपयोग में लाकर अपने घर को खुशियों से भर सकते हैं।

- विवाहित स्त्री–पुरूष अपने शयनकक्ष में पलंग के ऊपर दो लाल लैम्प अथवा लैन्टर्न लगवाएँ। इनके ऑफ और ऑन का स्विच एक ही रखें। सन्तान प्राप्ति की दामपत्य प्रक्रिया के समय बल्बों को प्रकाशित रखें। फेंग–शुई में कहा गया है कि ये लैम्प और इनका प्रकाश गर्भ–धारण की शक्ति 'येंग ची' को अपनी ओर आकर्षित करते हैं। स्त्री गर्भवती हो जाए तो इन लैम्पों को रात्रि को प्रतिदिन आवश्यक रूप से प्रकाशित रखें। इस प्रकार निश्चित ही उत्तम पुत्र संतान की प्राप्ति होने की संभावना प्रबल होती है।
- पूर्वी मान्यताओं के अनुसार ये लैम्प परिवार के उज्ज्वल भविष्य और पति–पत्नी के वैवाहिक जीवन को आनन्दमय बनाए रखने में भी महत्त्वपूर्ण योगदान देते हैं।
- इस प्रकार के लैम्पों को प्रवेश–द्वार पर या इसके आस–पास लगाना भी शुभ होता है। लोगों की बुरी नज़रों से बचने का यह सबसे अच्छा साधन कहे गए हैं।

10 | घर को व्यवस्थित रखें

यह आप भली—भाँति जानते हैं कि घर और उसके आस—पास का वातावरण हम सभी को बेहद प्रभावित करता है। जहाँ तक हो सके, घर के आस—पास का वातावरण साफ और स्वच्छ रखें। अपने पड़ोसियों को भी ऐसा करने के लिए प्रेरित करें।

फेंग शुई में कहा गया है कि अव्यवस्थित घर, पुराना अनुपयोगी सामान, गंदगी, कचरा आदि चीज़े पारिवारिक संबंधों को बिगाड़ती हैं। इनकी अशुभ ऊर्जा पति, पत्नी और बच्चों में मतभेद पैदा कर देती है, जिससे घर की शांति भंग हो जाती है। अतः यह आवश्यक है कि इन चीजों से जल्दी—से—जल्दी छुटकारा पा लिया जाए, फिर आप देखेंगे कि परिवार में किस प्रकार प्यार बढ़ता है।

कूड़ा—करकट ठिकाने लगाने के बाद घर के प्रत्येक कोण को ऊर्जामय बनाने के लिए फेंग शुई का सहारा लें।

— बा—गुआ के अनुसार अपने घर का वैवाहिक (दक्षिण—पश्चिम) भाग निर्धारित करें और यहाँ क्रिस्टल रोज क्वार्ट्ज, ओउम् का पवित्र चिन्ह, मछली का जोड़ा आदि रखें। इस प्रकार घर में प्रेम, सुख—शांति और सामंजस्य में वृद्धि होगी।

इस भाग का भाग्यशाली अंक 2 निर्धारित है। यहाँ लाल / सफेद अथवा गुलाबी रंग के फूलों के गुलदस्ते अथवा चित्र लगाएँ।

39

11 | घर के मुख्य द्वार को शुभ बनाएँ

प्रत्येक अच्छी—बुरी ऊर्जा घर के प्रवेश द्वार से अंदर आती है। यदि आपके घर का प्रवेश द्वार सही दिशा में, सही कोण पर और सही ढंग से निर्मित हो, तो सब कुछ ठीक—ठाक रहता है और ऐसा न होने पर अशुभ 'ची' ऊर्जा के कारण विपरीत परिणाम प्राप्त होते हैं। घर के आस—पास के विरोधी वातावरण का भी आपके प्रवेश द्वार पर बुरा प्रभाव पड़ता है। तत्त्वों के असंतुलन और 'यिन' और 'येंग' ऊर्जा के असंतुलन के कारण भी ऐसा होता है। ऐसा होने पर आपके घर की शांति, प्रेम, सुख, समृद्धि सभी बुरी तरह प्रभावित होते हैं और संबंधों में कड़वाहट घुल जाती है। जीवन में सुरक्षा, प्रेम, सुख और शांति बनाए रखने के लिए अपने घर की दिशाओं को फेंग शुई के अनुसार क्रियाशील और प्रभावी बनाएँ।

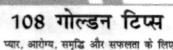

आपके घर का मुख्य प्रवेश द्वार यदि पूर्व दिशा में हो तो

– घर के उत्तर–पश्चिम कोण में एक छह रॉड की सुनहरी धातु की पवन घंटी लगाएँ। इस दिशा में जल–संग्रह अथवा अधिक प्रकाश न करें।

मुख्य प्रवेश द्वार यदि पश्चिम दिशा में हो तो

– घर के पश्चिमी भाग में धातु का बना वज़नी सामान रखें। एक सफेद रंग की धातु की घंटी अथवा 'स्टीरियो सिस्टम' भी इस दिशा में लगाना अच्छा होता है। इससे जीवन में प्रेम के क्षण बढ़ते हैं।

मुख्य प्रवेश द्वार यदि उत्तर दिशा में हो तो

– घर के दक्षिण–पश्चिमी कोण में तेज़ प्रकाश की व्यवस्था करें। इसी कोण में बत्तख का जोड़ा एवं प्रणयरत जोड़ों के चित्र लगाएँ।

मुख्य प्रवेश द्वार यदि दक्षिणी दिशा में हो तो

– घर के उत्तर–पूर्व (ईशान) कोण में 'ची' ऊर्जा को प्रभावी बनाने के लिए क्रिस्टल, ओउम्, स्वस्तिक, क्रास आदि के प्रतीक रखें।

मुख्य प्रवेश द्वार दक्षिण–पूर्व (आग्नेय) दिशा में हो तो

– इस दिशा को प्रभावशील बनाने के लिए इसी कोणीय दिशा में प्रकाश के लिए हरा बल्ब लगाएँ।

मुख्य प्रवेश द्वार दक्षिण–पश्चिम (नैऋत्य) में हो तो

– पारिवारिक संबंधों को प्रगाढ़ और प्रेमपूर्ण बनाने के लिए इसी दिशा में बड़े आकार के कुछ क्रिस्टल रखें।

108 गोल्डन टिप्स
प्यार, आरोग्य, समृद्धि और सफलता के लिए

मुख्य प्रवेश द्वार उत्तर–पूर्व (ईशान) दिशा में हो तो

– इस दिशा की 'ची' ऊर्जा को संतुलित करने के लिए उत्तर दिशा में छोटा भूमिगत जल–कुण्ड, हौज़ आदि बनवाएँ साथ ही दक्षिण–पश्चिम दिशा में बड़े–बड़े प्राकृतिक क्रिस्टल रखें।

मुख्य प्रवेश द्वार उत्तर–पश्चिम (वायव्य) दिशा में हो तो

– इस दिशा के विपरीत लक्षणों को दूर करने के लिए पूर्व दिशा में पौधे लगाएँ।

12 पवन-घंटियों से महकाएँ प्रेम को

घर में फेंग-शुई दोष होने के कारण प्रेम-संबंधों में नीरसता आने लगती है। जीवन में रस घोलने के लिए आवश्यक है कि प्रेम-संबंधों में ओज, उत्साह और क्रियाशीलता बनी रहे। इसके लिए घर में पवन-घंटियाँ लगवाएँ।

— घर के उत्तर-पश्चिमी भाग में एक पवन-घंटी लगवाएँ। साथ ही अपने शयनकक्ष के उत्तर-पश्चिमी भाग में भी एक पवन-घंटी लगवाएँ एवं ध्यान रखें कि घंटियों में छह रॉड हों एवं उचित मापदण्ड की हों।

— आस-पास पंखे इस प्रकार से लगवाएँ कि घंटियाँ समय-समय पर बजती रहें।

— उत्तर-पश्चिम कोण को अधिक सक्रिय बनाने के लिए इस दिशा में हल्के संगीत की व्यवस्था की जा सकती है।

इस कोण में ज्यादा प्रकाश न करें अन्यथा प्रकाश का अग्नि-तत्व इस कोण के धातु तत्व को क्षति पहुँचा सकता है। यहाँ जल भी न रखें, वरना यह धातु तत्व के प्रभाव को नष्ट कर सकता है।

— धातु तत्व की ऊर्जा को प्रभावकारी बनाने के लिए उत्तर-पश्चिम कोण में बड़े आकार के क्रिस्टल रखना अति उत्तम होगा।

13 | दिलों को जोड़ती हैं दिशाएँ

दक्षिण–पश्चिम कोण में 'येंग' ऊर्जा के अभाव में पारिवारिक सामंजस्य का वातावरण अस्त–व्यस्त हो जाता है। परिवार के सदस्यों में ही नहीं, अपितु यहाँ आने वाले मेहमान, संबंधी और पड़ोसियों के भी आपसी विचार कभी नहीं मिल पाते और किसी भी विषय को लेकर उनमें एक आम सहमति नहीं बन पाती व वातावरण हमेशा असमंजस का बना रहता है।

दक्षिण–पश्चिम कोण भू–ऊर्जा का प्रमुख केंद्र होता है।

– इस भाग की 'ची' ऊर्जा को बढ़ाने के लिए यहाँ तेज प्रकाशित लैम्प लगवाएँ।

- घर के बाहर खुला स्थान हो, तो इस कोण में पत्थरों के छोटे–बड़े टुकड़े एकत्रित करके एक कृत्रिम सजावटी पर्वत बना दें। पत्थरों के दो–चार टुकड़ों पर कलात्मक ढंग से सुनहरा पेंट पोत दें। ध्यान रखें, पूरे पर्वत को पेंट से नहीं पोतें, सिर्फ सजावट के दृष्टिकोण से पोतें, अन्यथा पृथ्वी की भू–ऊर्जा कमज़ोर पड़ जाती है।

- यदि आपके घर के बाहर पर्याप्त खुला स्थान न हो, तो घर के अंदर ही दक्षिण–पश्चिम कोण में पत्थरों का छोटा सजावटी ढेर लगाया जा सकता है। फिर इस ढेर पर उस तेज़ प्रकाश का एक बल्ब जला दें। इस प्रकार पृथ्वी की सकारात्मक ऊर्जा अधिक सक्रियता से पूरे घर में प्रवाहित होने लगती है।

- दक्षिण–पश्चिम कोण में किसी विशाल पर्वत (जैसे हिमालय, कैलाश पर्वत आदि) की पेंटिग लगाकर भी **'ची'** ऊर्जा को अधिक सक्रिय बनाया जा सकता है। यहाँ यह अवश्य ध्यान रखें कि पेंटिग में नदी, झरना अथवा किसी भी प्रकार का जल–स्रोत न हो।

- युवक–युवतियों के विवाह का योग नहीं बन पा रहा हो, तो ऊपर लिखे प्रयोगों के साथ–साथ दक्षिण–पश्चिम कोण में तेज़ लाल लैम्प जलाएँ। लाल प्रकाश वैवाहिक भाग से जुड़ा है। यह प्रकाश वैवाहिक अभिलाषा को पूर्ण करने में सहायक सिद्ध होता है।

14 जीवन को रंगीन बनाएँ रंगों से

रंग जीवन में रंगत भर देते हैं। प्रकृति ने भी रंग–बिंरगी चीज़े बनाकर रंग के महत्त्व को प्रकट किया है। फेंग–शुई में भी रंगों के महत्त्व को विशेषता प्रदान की गई है। प्रत्येक रंग की ऊर्जा–आवृत्ति पृथक–पृथक होती है। इनमें संतुलन बनाए रखने से परिवार में प्रेम और सामंजस्य बना रहता है।

– फेंग शुई में पाँच रंग प्रधान कहे गए हैं जो फेंग शुई के पाँच प्रधान तत्त्वों में– लकड़ी में हरा, अग्नि में लाल, पृथ्वी में पीला, धातु में सफेद और जल में नीला के रूप में विद्यमान होते हैं। घर में सुख–शांति और प्रेम के लिए इन पाँचों रंगों का संतुलन बनाए रखना आवश्यक होता है। आप अपने घर के कक्षों में इन रंगों के चित्र, कालीन, चादरें, दीवार के रंग आदि रखकर रंग–संतुलन बनाए रख सकते हैं।

घर के बाहरी रंग–रोगन पर भी अवश्य ही ध्यान देना होगा। आपके घर की दीवारें, छतें, दरवाज़े सभी कुछ एक ही रंग में रंगे हुए हों, तो यह एक अच्छा रंग–संतुलन नहीं कहा जा सकता है। इसके लिए दीवारें और भीतरी छतें अलग रंगों की और दरवाज़े अलग चमकदार रंगों के रंगवाएँ।

इस प्रकार रंग–संतुलन के कारण घर देखने में तो सुंदर लगेगा ही, रंग–संतुलन के कारण आपके जीवन में भी रंग भर जाएगा।

15 सच्चे प्रेम के लिए कमल

चीनी सभ्यता और संस्कृति में कमल के फूल को अत्यंत पवित्र माना गया है। यह अनेक धार्मिक और भावनात्मक मान्यताओं से भी जुड़ा हुआ है। महात्मा बुद्ध ने भी कमल के फूल को पवित्र मानकर ग्रहण किया। भारतीय धर्म–ग्रंथों में भी कमल को पवित्र पुष्प माना गया है। विद्या की देवी सरस्वती को कमल के फूल पर विराजमान दिखाया जाता हैं। फेंग शुई के अंतर्गत भी कमल के फूल को पवित्र प्रेम का प्रतीक बताया गया है।

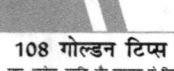

– जहाँ शयनकक्ष में अन्य ताज़े फूल और उनके गुलदस्तों को रखना वर्जित कहा गया है, वहीं शयनकक्ष को कमल के फूलों से सजाना अच्छा माना गया है। ये फूल प्रेम, शांति और संतोष में अभिवृद्धि करते हैं। इतना ही नहीं, ये फूल परिवार के सदस्यों में सामंजस्य बनाएँ रखने के साथ–साथ आपसी विश्वास भी बढ़ाते हैं।

बौद्ध धर्म में तो कमल के फूलों को साक्षात् बुद्ध के समान माना गया है और इसकी प्रत्येक पंखुडी को महात्मा बुद्ध का उपदेश। इस धर्म में शिक्षा–दीक्षा ग्रहण करने वाले और प्रदान करने वाले बौद्ध भिक्षुक, कमल के पुष्पों पर आसन ग्रहण कर शिक्षित–दीक्षित होते हैं।

इस प्रकार कमल का फूल शक्तिशाली ऊर्जा **'ची'** का प्रवाह बनाए रखता है।

16 युवतियों के लिए भाग्यशाली है ड्रेगन

फेंग शुई में प्रेम, रोमांस और जीवन के एकाकीपन को दूर करने के लिए ड्रेगन को बहुत भाग्यशाली माना गया है। जिन युवतियों को अच्छे जीवन–साथी की तलाश हो अथवा जिनका विवाह होने में बाधाएँ आ रही हों, वे अपने आवासीय कक्ष के दक्षिण–पूर्वी भाग में धातु का बना एक ड्रेगन अवश्य रखें।

– जो युवतियाँ अपने जीवन में बेहद उत्साही और मज़बूत साथी की अभिलाषा रखती हों, उन्हें घर की बैठक के मध्य भाग में अथवा दक्षिण–पूर्वी कोण में ड्रेगन की प्रतिकृति रखनी चाहिए। यह ड्रेगन प्रेम और रोमांस की **'येंग'** ऊर्जा को शक्तिशाली ढंग से आस–पास के वातावरण में बिखेर देता है। इस प्रकार उस युवती की समस्त इच्छाएँ शीघ्र ही पूरी होने की संभावनाएँ बढ़ जाती हैं।

ड्रेगन प्रेम के साथ–साथ घर एवं परिवार के सदस्यों की चहुँमुखी प्रगति में भी महत्त्वपूर्ण भूमिका निभाते हैं।

– जिस घर में युवतियाँ अकेली अथवा अपनी माता के साथ रहती हैं, वहाँ स्त्री–प्रधान **'यिन'** ऊर्जा के कारण असंतुलन

उत्पन्न हो जाता है। ड्रेगन की प्रतिमाएँ इस असंतुलित **'यिन'** ऊर्जा को संतुलित कर देती हैं।

– शयनकक्ष में ड्रेगन की प्रतिमा कभी नहीं रखनी चाहिए। जो युवतियाँ ड्रेगन की प्रतिमाएँ अपने शयनकक्ष में रखती हैं, वे आक्रामक हो जाती हैं और पुरूष वर्ग उनसे कतराने लगता है।

हमने अपनी एक दोस्त को ड्रेगन की एक प्रतिमा उपहार स्वरूप दी। वह ड्रेगन उसने अपने शयनकक्ष में सजाकर रख लिया। हम इस बात से अनभिज्ञ रहे कि ड्रेगन उसने कहाँ रखा है। कुछ दिनों बाद हमने उसके व्यवहार में बड़ा आक्रामक परिवर्तन देखा, बात–बात पर उग्र हो जाना, किसी भी बात पर सहमति न देना आदि।

एक दिन उसने हमें चाय पर आमंत्रित किया। बैठक में हम यहाँ–वहाँ नज़रें घुमाने लगे। फिर हमने अपनी मित्र से उस ड्रेगन के बारे में पूछा। उसने बताया कि वह ड्रेगन मैंने अपने शयनकक्ष में रखा है। सुनकर हमें सारी बात समझ में आ गयी कि उसका आक्रामक व्यवहार ड्रेगन के शयनकक्ष में रखे होने के कारण ही है। हमने उसे सलाह दी कि ड्रेगन को शयनकक्ष से हटाकर अपनी बैठक में रख लें। उसने वैसा ही किया और कुछ दिनों के बाद उसका व्यवहार पहले की भाँति शांत और आदर्श हो गया।

यहाँ हम एक बात और जोड़ना चाहेंगे। इसे ड्रेगन की **'येंग'** ऊर्जा का प्रभाव ही कहा जाएगा कि कुछ महीनों के बाद ही हमारी उस मित्र का विवाह एक अच्छे नवयुवक के साथ हो गया। आज वे सफल और सुखमय जीवन व्यतीत कर रहे हैं।

वास्तव में ड्रेगन सकारात्मक **'ची'** ऊर्जा में वृद्धि कर घर के पूरे वातावरण को हमारे अनुकूल प्रकृति में ढाल देते हैं और जिसके कारण हमारी सभी इच्छाएँ पूर्ण होती चली जाती हैं।

17 | युवकों के लिए भाग्यशाली है फीनिक्स

जिस प्रकार युवतियों के लिए ड्रेगन भाग्य और प्रेम का प्रतीक माना गया है, उसी प्रकार युवकों के लिए, विशेषकर अविवाहित युवकों के लिए फीनिक्स पक्षी को भाग्यशाली कहा गया है।

– फीनिक्स पक्षी के चित्र प्रेम की '**ची**' ऊर्जा को बढ़ाते हैं। जो युवक अच्छी पत्नी की खोज़ में हों, वे अपने घर में फीनिक्स अथवा इनसे मिलते–जुलते पक्षियों के चित्र अवश्य रखें।

– अकेले रहने वाले युवकों को अपने घर में ड्रेगन की प्रतिमाएँ और प्रतीक कभी नहीं रखने चाहिए। यदि युवक भूल से भी ड्रेगन की प्रतिमाएँ अथवा चित्र अपने घर में रख लेते हैं, तो उनमें व्याभिचार की प्रवृत्ति उत्पन्न हो जाती है।

फीनिक्स को चीनी परम्परा में स्वर्ग से उतरा पक्षी माना गया है। हिन्दू मान्यताओं में इसे अमर पक्षी कहा गया है। स्वर्ग का

51

यह चमत्कारी देवदूत जहाँ भी रखा जाता है, घर में **'यिन'** ऊर्जा की वृद्धि करता है। **'यिन'** और **'येन'** के पारस्परिक संतुलन से अविवाहित युवकों के विवाह का सितारा चमक उठता है।

— ड्रेगन की भाँति फीनिक्स की प्रतिमाएँ अथवा चित्र शयनकक्ष में नहीं रखने चाहिएँ। इन्हें बैठक अथवा आवासीय कक्ष में रखना अच्छा माना गया है।

— फीनिक्स पक्षी प्रेम की ही ऊर्जा में वृद्धि नहीं करते, बल्कि हर प्रकार की शुभ ऊर्जा से घर के वातावरण को महका देते हैं और वह परिवार उन्नति के मार्ग पर आगे बढ़ता चला जाता है।

18 सुरक्षा के लिए छतरी या छाता

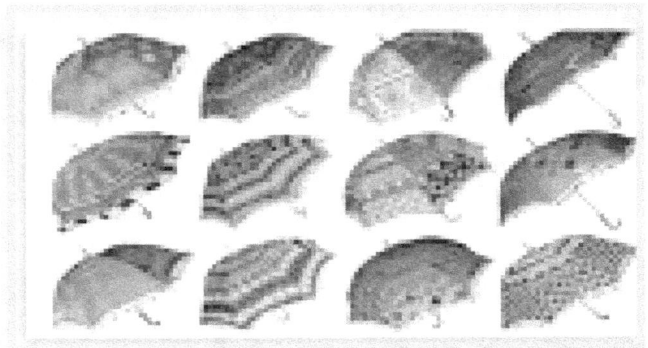

सुन्दर छत्र को फेंग शुई में एक अच्छा सुरक्षा चक्र माना गया है। कलात्मक ढंग से बनी रेशमी छतरी को मुख्य द्वार के दाहिनी ओर रख देने पर चोरी और बुरी नज़रों का खतरा टल जाता है।

— यहाँ तक कहा जाता है रेशमी छतरी को अपने घर की छत पर रखने वाला व्यक्ति राजसी जीवन व्यतीत करता है। वहाँ की सारी अशुभ ऊर्जा नष्ट हो जाती है और जीवन में हर ओर सफलता, प्रेम और खुशहाली की बहार बनी रहती है।

हमारे देवी–देवताओं पर भी छत्र चढ़ाने का प्रचलन प्राचीनकाल से अनवरत चल रहा है। आपने पुराने राजा–महाराजाओं को छत्र धारण किए हुए अवश्य देखा होगा। राजमहल के भीतर भी उनके सिर पर छत्र लगे होते थे। शुभ ऊर्जा के प्रवाह के लिए ही राजा–महाराजा छत्र धारण किए रहते थे। छत्र सम्मान के भी प्रतीक माने जाते हैं

53

महान शिवाजी के तो नाम के साथ ही **'छत्रपति'** शब्द जुड़ा हुआ था। और सभी उनकी वीरता और ख्याति से भली–भाँति परिचित हैं। यह **'छत्र'** शब्द का ही चमत्कार था। अनेक संस्कृतियों में विवाह के समय दुल्हे के सिर पर रेशमी सुन्दर छत्र लगाया जाता है। ऐसा विश्वास है कि इससे दुल्हे को उच्च पद, मान और सम्मान प्राप्त होता है।

– अनेक पूर्वी देशों में प्रसव के दौरान महिलाओं के ऊपर रेशमी छतरी तान दी जाती है। आस्था है कि ऐसा करने से महिला की प्रसव–पीड़ा कम हो जाती है और प्रसव सुरक्षित और आसान ढंग से हो जाता है।

19 झाडू को आंखों से दूर रखें

आप पारंपरिक चीनी घरों में झाडू, पोछा और अन्य सफाई की वस्तुएं कभी भी बाहर नहीं देख पाएंगे। ऐसा कहा जाता है भारतवर्ष में भी प्राचीन काल में घर की सफाई की वस्तुओं को छिपा कर रखा जाता था और इसे देखना बेहद अशुभ माना जाता था। झाडू को भोजन कक्ष में विशेष रूप से मना किया जाता है। यहां झाडू की उपस्थिति परिवार में धन और आजीविका को प्रभावित करती है और इसलिए इसे बुरी फेंग–शुई माना जाता है।

घर से चोरों को दूर रखने का उपाय

यहां एक असामान्य सुझाव दिया जा रहा है जिसका सिंगापुर तथा हांगकांग में काफी प्रचलन है। कुछ फेंग–शुई सलाहकारों द्वारा इसे सुरक्षा के लिए बर्गलर अलार्म सिस्टम से भी ज्यादा सुरक्षित माना जाता है।

प्राचीन मान्यता के अनुसार घुसपैठियों को दूर रखने का सबसे अच्छा उपाय बाहर वाले दरवाजे की दीवार के साथ झाडू को उल्टा रखना है। यह अवांछित आगंतुकों को बाहर ही रखेगा। यदि आप इस सुझाव का उपयोग करना चाहते हैं, तो रात्रि को झाडू को घर के बाहर रखें, न कि अंदर की तरफ। दिन में झाडू को दृष्टि से दूर, घर के अंदर, दिखाए तरीके से सीधा रखें।

20 | सामाजिक जीवन के साथ रोमांस

सामाजिक जीवन में क्रियाशील बने रहने का अपना अलग ही मज़ा है। फेंग शुई इस मजे को रोमांस से भी जोड़ दे तो खुशी दुगनी हो जाती है। इसके लिए घर के दक्षिण–पश्चिम कोने में लाल और पीले बल्बों की झालर जलाएँ।

— लाल और पीले बल्बों की झालर घर के कोने–कोने को 'येंग' ऊर्जा से भर देती है। लाल रंग अग्नि तत्त्व का भी प्रतीक होता है, जिससे की जीवनदायिनी धरती तत्त्व की उत्पत्ति होती है। पीला रंग स्वयं पृथ्वी का रंग कहा गया है। पीले रंग को बहुत भाग्यशाली और तीव्र 'येंग' ऊर्जा का माध्यम माना गया है।

घर के प्रत्येक दक्षिण–पश्चिम कोण में लाल लाइटों की भरमार न करें, वरना अत्यधिक 'येंग' ऊर्जा भी अशांति का कारण बन सकती है। लाल बल्बों की एक झालर अथवा लैम्प–शैड आवासीय कक्ष में और एक लाल लैन्ट्रेन अपने शयनकक्ष में लगाएँ।

— लाल लाइटों को दक्षिण, या दक्षिण–पश्चिम में लगाएँ पश्चिम अथवा उत्तर–पश्चिम में कदापि न लगाएँ।

21 | बा-गुआ से सँवारें घर को

फेंग–शुई में घर की दिशाओं को ज्ञात करने के लिए बा–गुआ अष्टभुजा रेखाचित्र का सहारा लिया जाता है। इस रेखाचित्र को अपने घर के रेखाचित्र पर रखें। यदि आपके घर का द्वार पूर्व दिशा में है तो रेखाचित्र का पूर्वी भाग संबंधित दिशा की ओर कर दें। इस प्रकार आपके घर की आठों दिशाएँ ज्ञात हो जाएँगी। प्रत्येक व्यक्ति का घर इन आठों दिशाओं के अंदर ही होता है।

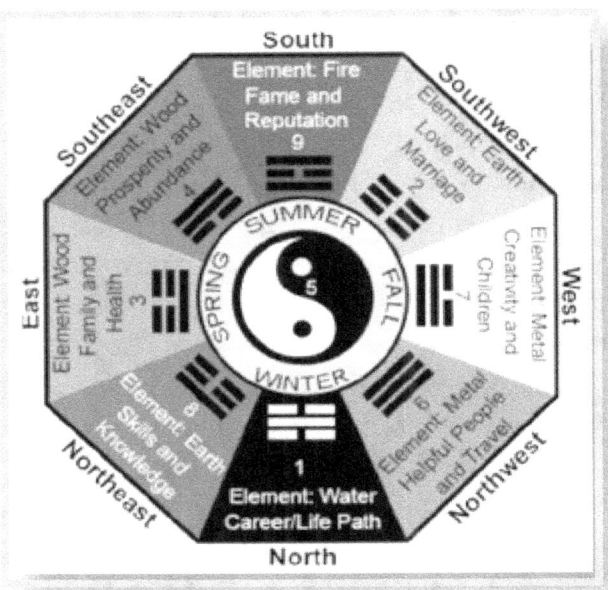

बा–गुआ अष्टभुजा के आठों भाग अलग–अलग विशेषताओं को प्रकट करते हैं।

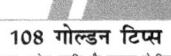

दक्षिणः— यह भाग **'ली'**, मान—सम्मान का प्रतिनिधित्व करता है। यह अग्नि तत्त्व, लाल रंग और आँखों से संबंधित है। इसका निर्धारित अंक 9 है।

उत्तरः— यह भाग **'केन'**, व्यवसाय व काम—काज से जुड़ा है। यह जल तत्त्व, काले रंग, पूर्वजों और कानों से संबंधित है। इसका निर्धारित अंक 1 है।

पूर्वः— यह भाग **'चेन'**, परिवार और स्वास्थ्य से संबंधित है। यह काष्ठ तत्त्व, नीले/हरे रंग और पैरों से जुड़ा है। इसका निर्धारित अंक 3 है।

पश्चिमः— यह भाग **'तुई'**, संतान और भावी पीढ़ी का प्रतिनिधित्व करता है। यह धातु तत्त्व, सफेद रंग और मुँह से संबंधित होता है। इसका निर्धारित अंक 7 है।

दक्षिण—पश्चिमः— यह भाग **'कुन'**, विवाह, प्रेम और पारिवारिक संबंधों से जुड़ा है। यह पृथ्वी तत्त्व, माता, उदर और लाल/गुलाबी/सफेद रंगों का प्रतिनिधित्व करता है। इसका निर्धारित अंक 2 है।

दक्षिण—पूर्वः— यह भाग **'सुन'**, धन—सम्पत्ति का प्रतिनिधित्व करता है। यह काष्ठ तत्त्व, नितम्ब, हरे रंग से संबंधित है। इसका निर्धारित अंक 4 है।

उत्तर—पश्चिमः— यह भाग **'चेआन'**, सलाहकार, सहायक और शक्तिशाली लोगों का प्रतिनिधित्व करता है। यह स्वर्ग, यात्रा, सिर तथा सफेद/पीले/सुनहरी रंग से संबंधित है। इसका निर्धारित अंक 6 है।

उत्तर—पूर्वः— यह भाग **'केआन'**, शिक्षा, ज्ञान, बुद्धि और विवेक का प्रतिनिधित्व करता है। यह स्वावलम्बन, हाथों और पीले रंग से संबंधित है। इसका निर्धारित अंक 8 है।

बा—गुआ को पा—कुआ भी कहा जाता हैं इसके मध्य भाग में **'यिन'** और **'येंग'** ऊर्जा को दर्शाया गया है। **'येंग'** ऊष्मा और प्रकाश का प्रतिनिधित्व करती है और **'यिन'** शीत और अंधकार का।

निम्नाकिंत चित्र को देखें। इसमें **'येंग'**, जो ऊष्मा का

प्रतिनिधित्व करती है। बाएँ (पूर्व) से उदय होकर उसपर दक्षिण में इसकी ऊष्मा तीव्रतम होती जाती है। 'यिन' जो शीतलता की द्योतक है, दाहिनी (पश्चिम) ओर से नीचे को आती है और तल भाग उत्तर में इसकी शीतलता सर्वाधिक होती है।

— वस्तुतः 'यिन' और 'येंग' को बा–गुआ में मौसम, ऋतुओं, जलवायु और समय के प्रतिनिधित्वकर्ताओं के रूप में प्रदर्शित किया गया हैं।

इस प्रकार हमारा जो भी क्षेत्र कमज़ोर हो, वहाँ की शुभ ऊर्जा में वृद्धि कर हम जीवन में चहुँमुखी प्रगति कर सकते हैं।

22 यूँ सफल बनाएँ वैवाहिक जीवन

किसी भी व्यक्ति के ग्रह–नक्षत्र पूरी तरह उसके अनुकूल प्रायः नहीं होते। ग्रह–नक्षत्रों के पूरी तरह मिलान न होने पर वैवाहिक जीवन में पूरी तरह सुख और शांति नहीं आ पाती। फेंग–शुई में जन्म–कुण्डली के कमज़ोर ग्रहों को शक्तिशाली बनाने के अनेक सफल उपाय हैं।

जल, अग्नि, पृथ्वी, काष्ठ (लकड़ी) और धातु–ये पाँच तत्त्व फेंग शुई का आधार स्तंभ हैं। इनकी कमी अथवा अधिकता से ही जीवन में अनेक प्रकार के उतार–चढ़ाव आते हैं। इन्हें संतुलित कर देने पर जीवन सुचारू रूप से चलने लगता है। असफलताएँ समाप्त हो जाती हैं। पति–पत्नी की कुण्डलियों में जो भी ग्रह कमज़ोर हों, उनके उपाय करें।

– कुण्डली में अग्नि तत्त्व की कमी अथवा अभाव होने पर पति–पत्नी एक–दूसरे को लाल रंग की पोशाक, लाल लैम्प, लाल मूँगे की अँगूठी ब्रेसलेट या पैन्डेन्ट आदि उपहार में दें।

– पृथ्वी तत्त्व की कमी अथवा अभाव होने पर रत्न, माणिक्य, आदि उपहार में दें।

– जल तत्त्व की कमी अथवा अभाव होने पर नीले रंग की पोशाक, सुनहरी मछलियाँ, नीले लैम्प, आदि उपहार में दें।

– धातु तत्त्व की कमी अथवा अभाव होने पर स्वर्ण आभूषण, धातुओं के बर्तन, धातुओं का सामान आदि उपहार में दें।

– काष्ठ तत्त्व की कमी अथवा अभाव होने पर फूलों की कलाकृतियाँ, रेशमी फूल और इनके गुलदस्ते तथा पेड़–पौधों के गमले उपहार–स्वरूप दें।

वैवाहिक जीवन को सफल बनाने के लिए फेंग शुई के अंतर्गत कुछ पारंपरिक उपहार भी देने की प्रथा प्रचलित है। विवाह के अवसर पर वर उपहार में स्वर्ण आभूषण, मिठाइयाँ, लाल पोशाक, चंदन का बना पंखा, सुनहरा दर्पण, कुछ सिक्के और प्रचलित मुद्रा अपनी भावी पत्नी को उपहार में दें। ऐसा विश्वास है कि इससे उनके वैवाहिक जीवन में सुख–शांति बनी रहती है।

23 प्रवेश द्वार प्रभावित करता है प्रेम को

यह आप भली–भाँति जानते हैं कि दिशाओं का मनुष्य के स्वभाव पर अनुकूल अथवा प्रतिकूल प्रभाव अवश्य पड़ता है। इसके लिए सबसे पहले आप दिशा–सूचक यंत्र (कम्पास) से अपने घर के प्रवेश द्वार की स्थिति ज्ञात कीजिए कि यह किस दिशा में स्थित है, इसके लिए बा–गुआ की सहायता लीजिए। दिशा निर्धारित होने के पश्चात् आप अपने स्वभाव के बारे में जानिए। आठों दिशाओं की स्थिति के अनुसार आपका स्वभाव ऐसा हो सकता है:

प्रवेश द्वार दक्षिण में होने पर:–

ऐसे व्यक्ति (युवक अथवा युवती कोई भी) बहुत रोमांटिक होते हैं। उन पर हर समय प्रेम और रोमांस की धुन सवार रहती है। यहाँ तक कि इसके लिए वे आक्रामक भी हो जाते हैं।

प्रवेश द्वार उत्तर में होने पर:–

ऐसे व्यक्ति प्रेम के मामले में अत्यंत संवेदनशील होते हैं। ये एक–तरफा प्रेम में दीवानगी की हद तक डूब जाते हैं और जब इंकार सुनते हैं तो इनका दिल टूट जाता है। ये लोग प्रेम की बाज़ी अक्सर हारते हैं।

प्रवेश द्वार पूर्व में होने पर:–

ऐसे व्यक्ति छल–कपट से, स्वयं पहल करके, प्रेम में सब कुछ पा लेने की कोशिश करते हैं और इनके संबंध शुरू होने से पूर्व ही समाप्त हो जाते हैं। इस प्रकार के लोगों के विवाह में अत्यंत कठिनाइयाँ उत्पन्न होती हैं। इन्हें 'येंग' ऊर्जा को शक्तिशाली बनाकर अपने व्यवहार में अपेक्षित परिवर्तन लाना चाहिए।

प्रवेश द्वार पश्चिम में होने पर:–

इनका प्रेम का स्वभाव समय के साथ–साथ बदलता रहता है। ये लोग प्रेम और रोमांस के मामले में बड़े संयमी होते हैं।

प्रवेश द्वार दक्षिण–पूर्व में होने पर:–

ऐसे लोग प्रेम के मामले में बहुत खुले विचारों वाले, चुलबुले, जिंदादिल और विवेकी होते हैं। ये व्यक्ति सभी स्थानों पर प्रेम और रोमांस खोजते हैं और कभी–कभी अपनी सीमाएँ पार कर जाते हैं।

प्रवेश द्वार उत्तर–पूर्व में होने पर:–

ऐसे व्यक्ति बहुत सामाजिक होते हैं। इनका प्रेम और रोमांस

63

सामाजिक दायरे में ही फलता—फूलता है। ये लोकप्रिय, कर्मशील और पारस्परिक सहयोग की भावनाओं से भरे होते हैं। इन्हें सभी लोग प्रेम करना चाहते हैं।

प्रवेश द्वार दक्षिण—पश्चिम में होने पर:—

इनका लक्ष्य बहुत उच्च होता है। महत्त्वाकांक्षी भी ये बहुत होते हैं और घमंडी भी। ये भाग्यशाली भी होते हैं और बुद्धिमान भी। इनके बीच में प्रेम और रोमांस के पल बहुत कम होते हैं, लेकिन वैवाहिक जीवन सुखमय होता है।

प्रवेश द्वार उत्तर—पश्चिम में होने पर:—

ऐसे व्यक्ति समाज के दायरे में रहकर प्रेम करते हैं और प्रेम के मामले में बहुत वफादार होते हैं। सामाजिक स्तर के अनुरूप इन्हें वैवाहिक सुख प्राप्त होता है।

24 शयनकक्ष से टेलीविज़न को हटाएँ

जिस प्रकार शयनकक्ष में दर्पण पारिवारिक संबंधों को बिगाड़ते हैं, ठीक उसी प्रकार टेलीविज़न सैट भी अपनी अत्यधिक 'येंग' ऊर्जा के प्रभाव से पति–पत्नी के संबंधों में कड़वाहट भर देते हैं।

— शयनकक्ष में रखा टेलीविज़न प्रतिबिम्ब की स्थिति में पलंग को दर्पण की भाँति ही परावर्तित करता है।

हमें एक ऐसा परिवार देखने को मिला जिनका जीवन शांतिपूर्वक और प्रेम से व्यतीत हो रहा था। पति–पत्नी सामंजस्य के भाव से घर के और घर से बाहर के प्रत्येक कार्य में एक–दूसरे का हाथ बटाया करते थे। उन्होंने एक नया टेलीविज़न सैट खरीदा और इसे ठीक अपने पलंग के सामने रख दिया और शीघ्र ही उस परिवार में समस्याएँ सिर उठाने लगीं। छोटी–छोटी बातों में उग्र–लड़ाइयाँ, तनाव, विवाद आदि उठने लगे। जहाँ पहले बड़ी–बड़ी समस्याओं का हल मिल–बाँटकर किया जाता था, वहाँ अब समस्याओं का कारण एक–दूसरे को बनाया जाने लगा।

फिर एक दिन ऐसा हुआ कि पति को काम के सिलसिले में प्रायः बाहर भेजा जाने लगा। उनका साथ–साथ रहना बहुत कम हो गया। और छह महीने के भीतर ही उनमें संबंध–विच्छेद की स्थिति उत्पन्न हो गई।

एक बार हमें वहाँ जाने का अवसर प्राप्त हुआ। जब हमें उनके परिवार की स्थिति ज्ञात हुई तो हमने परिवार में मौजूद स्त्री को टेलीविज़न सैट शयनकक्ष से हटाकर बैठक में रखने का

65

परामर्श दिया और आश्चर्यजनक ढंग से कुछ ही दिनों में उस स्त्री के पति को वापस अपने पहले वाले काम पर स्थानांतरित कर दिया गया। दोनों साथ–साथ रहने लगे। उनके बीच का तनाव धीरे–धीरे समाप्त हो गया और उनका जीवन पहले की भाँति सुखी हो गया।

25 अशुभता के प्रतीक शौचालय

फेंग–शुई में जल को धन से संबंधित बताया गया है। घर में से जल के गलत ढंग के निकास से, कहा जाता है कि हमारी धन–सम्पत्ति भी जल के समान बहने लगती है। इसी प्रकार घर में गलत ढंग से बने शौचालय अपने साथ हमारे घर की शांति, धन–सम्पत्ति आदि सब कुछ बहाकर ले जाते हैं। यदि शौचालय फेंग शुई एवं वास्तु के अनुसार सही दिशा में नहीं बने होते, तो वे अपेक्षाकृत अधिक हानिकारक सिद्ध होते हैं।

- यदि आपके घर में शौचालय घर के दक्षिण–पश्चिम कोने में स्थित हों, तो ये हमेशा पारिवारिक भाग्य, सामंजस्य और सुख–शांति के लिए हानिकारक सिद्ध होते हैं। फेंग शुई में ये कोण पृथ्वी से संबंधित है। जल यहाँ से प्रवाहित होकर पृथ्वी की ऊर्जा को नष्ट कर देता है, परिणामस्वरूप इस प्रकार की अनेक समस्याएँ उत्पन्न होती हैं।
- यदि आपके घर में शौचालय घर के उत्तर पूर्व कोने में स्थित हो तो यह मानसिक समस्याएँ, धन–हानि, वंश–वृद्धि में रूकावट करते हुए दिवालिएपन की स्थिति उत्पन्न करता है।
- यदि आपका शयनकक्ष शौचालय की दीवार के साथ जुड़ा हुआ है और आपकी सोने की स्थिति फेंग शुई के अनुकूल नहीं है, तो ऐसी स्थिति में भी समस्याएँ उठ खड़ी होती हैं। यहाँ तक कि फेंग शुई के अनुरूप बने शौचालय से जुड़ा शयनकक्ष होने के बाद भी, यदि आपके सोने की दिशा ठीक नहीं होगी, तो आपका भाग्य दुर्भाग्य में बदल जाता है।
- फेंग शुई में शौचालयों को नकारात्मक ऊर्जा का क्षेत्र कहा गया है। अतः इन्हें शयनकक्ष की दीवार के साथ अथवा सामने न बनाया जाए।

शौचालय का द्वार हमेशा बंद रखें। जिससे इनसे निकलने वाली अशुभ ऊर्जा आपके घर के वातावरण को दूषित न कर सके। अगर शौचालय गलत स्थान पर हो और आप इसे बदलने की स्थिति में न हो तो चौखट पर तीन ऊर्जायुक्त पीले पिरामिड लगाना एक चीनी मिट्टी की कटोरी में समुद्री नमक भरकर रखना और उसे हर हफ्ते बदलना एवं एक पीला जीरो वाट का बल्ब हमेशा शोचालय में जलाना नकारात्मक ऊर्जा को रोकने में सहायक होगा।

26 पलंग शुभ दिशा में रखें

शयनकक्ष में यदि आपके पलंग की दिशा ठीक नहीं होगी, तो घर में अशुभ ऊर्जा के प्रभाव से तनाव का वातावरण बना रहेगा। शयनकक्ष के कोणों में से **'शार ची'** (अशुभ ऊर्जा) के प्रभाव से उग्र व्यवहार, झगड़ा, असहिष्णुता और गलतफहमी जैसी बातें जन्म लेती हैं और दिन–प्रतिदिन पति–पत्नी के मध्य पारिवारिक संबंध बिगड़ते चले जाते हैं। स्थिति यहाँ तक गम्भीर हो जाती है कि उनका एक ही छत के नीचे रहना कठिन हो जाता है।

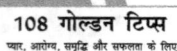

– हमेशा इस बात का ध्यान रखें कि शयनकक्ष में पलंग के कोने निकले हुए न हों। ये कोने ज़हर की भाँति दुष्प्रभावी अशुभ ऊर्जा प्रवाहित करते हैं। ये निकले हुए कोने यदि ठीक आपके पलंग की दिशा में हों, तो वहाँ सोने वालों में निराशा, तनाव और बीमारियों की उत्पत्ति करते हैं। यदि कोने इस प्रकार निकले हुए हों, तो इनके ठीक सामने छत पर पवन–घंटी, लैम्प अथवा क्रिस्टल टाँग देना चाहिए।

– शयनकक्ष में पेड़–पौधों के गमले, चौकोर खम्बे अथवा चौकोर मेजें भी नहीं रखनी चाहिएँ। इनसे भी अशुभ ऊर्जा उत्पन्न होती है।

– शयनकक्ष में पलंग को ठीक द्वार के सामने नहीं रखना चाहिए, बल्कि द्वार से हटाकर दूसरे कोने में दीवार के साथ लगाकर रखना चाहिए।

– एक विशेष बात का ध्यान अवश्य रखें कि आपके पैर द्वार की दिशा में न हों। फेंग शुई में यह मौत की स्थिति कही गई है। शयन की यह स्थिति बहुत ही अशुभ कही गई है।

27 यिन–येंग में संतुलन आवश्यक

घर का वातावरण संतुलित बनाए रखने के लिए **'यिन'** और **'येंग'** ऊर्जाओं में संतुलन बनाए रखना अनिवार्य है। 'यिन' को स्त्री–प्रधान ऊर्जा कहा गया है। यह स्त्री–प्रधान तत्त्वों में निहित होती है। वहीं 'येंग' को पुरूष–प्रधान ऊर्जा कहा गया है, जो केवल पुल्लिंग तत्त्वों में निहित होती है।

– शयनकक्ष के साथ–साथ पूरे घर में **'यिन'** और 'येंग' में परस्पर संतुलन बनाए रखने के लिए स्त्री और पुरूष प्रधान चीजों का समान रूप से उपस्थित होना अनिवार्य है। जहाँ किसी भी एक ऊर्जा में अधिक वृद्धि होगी, वहाँ दूसरा पक्ष कमज़ोर पड़ जाएगा।

– स्त्री–प्रधान ऊर्जा में कमी होने पर नीले और काले रंग का अधिक प्रयोग किया जाना चाहिए, वहीं **'येंग'** का संतुलन बनाए रखने के लिए लाल, पीला और चमकीला प्रकाश, पर्दे, पेंटिग आदि लगाने चाहिएँ।

यदि कोई युवक अकेला रहता है और अपने शयनकक्ष अथवा घर में सिर्फ पुरुष–प्रधान वस्तुओं का प्रयोग करता है, तो उसके जीवन में युवतियों की निकटता का सदैव अभाव बना रहता है। **'यिन'** ऊर्जा के अभाव के कारण

108 गोल्डन टिप्स
प्यार, आरोग्य, समृद्धि और सफलता के लिए

यह स्थिति उत्पन्न होती है। इसके लिए युवकों को स्त्री–प्रधान **'यिन ची'** का अपने शयनकक्ष में समावेश करना चाहिए। शयनकक्ष की दक्षिण–पश्चिम दीवार पर आकर्षक स्त्रियों के चित्र और पीली रोशनी वाले लैम्प उनके सहायक हो सकते हैं। इसी प्रकार अकेली रहने वाली युवतियों के घर में **'येंग'** ऊर्जा के अभाव में जीवन–साथी का मिलना कठिन हो जाता है। उन्हें अपने घर में शक्तिशाली पुरुषों, लाल एवं चमकीले प्रकाश वाले लैम्पों, पर्दों आदि को लगाकर **'येंग'** ऊर्जा में वृद्धि करनी चाहिए।

– यदि किसी घर में **'यिन'** (स्त्री–प्रधान ऊर्जा) अधिक मात्रा में होगी, तो वहाँ स्त्री और पुरूषों के बीच सफल संबंध कायम नहीं हो सकते। इसी प्रकार जिस घर में इन दोनों ऊर्जाओं का असंतुलन होता है, वहाँ सामाजिक जीवन में नकारात्मक भावनाएँ घर कर जाती हैं।

– होस्टल अथवा किसी घर में समूह में रहने वाले अविवाहित युवक–युवतियों को विपरीत लिंग के मित्र ढूंढने में कठिनाई होती है, क्योंकि यहाँ **'यिन'** और **'येंग'** में प्रायः असंतुलन रहता है।

अतः यह आवश्यक है कि गृह–स्वामी का शयनकक्ष **'यिन'** और **'येंग'** ऊर्जा के पारस्परिक संतुलन का परिचायक हो। जहाँ **'यिन'** ऊर्जा के लिए नीले और गहरे रंगों का प्रकाश और पेंटिंग हो, वहीं **'येंग'** के संतुलन के लिए लाल, पीले और चमकदार रंगों की प्रधानता हो।

28 गुलदाउदी महकाते हैं जीवन को

फेंग शुई के अंतर्गत गुलदाउदी फूलों को बहुत शुभ माना गया है। चीन में अविवाहित युवतियाँ अपने घरों में गुलदाउदी के फूलों को वर्ष भर लगाए रहती हैं। ऐसा विश्वास है कि गुलदाउदी की शुभ 'ची' ऊर्जा उनके जीवन को फूलों की भाँति महकाए रखती है और उन्हें सुंदर पति प्रदान करती है।

पीले गुलदाउदी को फूलों के रूप में गमलों में सजाना, किसी को भेंट देना अथवा इनके चित्रों को दीवारों पर लगाना, सभी अत्यंत भाग्यशाली माना गया है।

बौद्ध-धर्मावलम्बी भी गुलदाउदी को पूजा-अर्चना में खूब उपयोग में लाते हैं। इन फूलों को गुलदानों में सजाकर रखने से घर में 'येंग' ऊर्जा का संतुलित प्रवाह बना रहता है, जिससे घर में चारों ओर शुभ-सम्पन्नता बनी रहती है।

— गुलदाउदी को फेंग शुई में नव-युवतियों के लिए बहुत ही शुभ माना गया है। अविवाहित युवतियों को अपने शयनकक्ष

71

में गुलदाउदी के गुलदस्ते रखने का परामर्श दिया जाता है और यह देखा गया है कि इनके प्रभाव से युवतियों की मनचाही अभिलाषाएं पूर्ण हुई हैं।

— गुलदाउदी धैर्य, सहनशीलता, प्रेम, सफलता, आत्मविश्वास और विश्वसनीयता का सूचक माना गया है। इन फूलों के साथ ताड़ अथवा बाँस की टहनियाँ लगा देने पर, ये फूल लम्बा जीवन, स्थायित्व और मज़बूती प्रदान करने में सहयोगी बन जाते हैं।

— इसके अतिरिक्त ऑरकिड के फूलों को भी भाग्यशाली और संतान का हितैषी कहा गया है। इन्हें प्रेम, सुंदरता और शुभतत्व का प्रतीक भी कहा गया है।

अन्य फूलों में मैग्नोलियास को असाधारण सुंदरता और लावण्य का प्रतीक माना गया है। इन्हें वैवाहिक जीवन में सुख–शांति प्रदान करने वाला फूल कहा गया है। प्राचीन चीन में राजा की अनुमति के बिना इन फूलों को कोई भी नहीं उगा सकता था। ये सफेद खूबसूरत फूल विवाह में वधुओं के श्रृंगार के लिए बहुत शुभ कहे गए हैं।

29 | भाग्यशाली जहाज

व्यवसाय में प्रगति के लिए, लकड़ी के जहाज में सुनहरे रंग की धातु के सामानों को भरना और इसे अपनी कार्यालय या दुकान में रखना अत्यंत लाभदायी है। जहाज को इस तरह से व्यवस्थित किया जाना चाहिए कि यह कार्यालय या दुकान के अंदर सोना ला रहा है। इस बात को हमेशा ध्यान में रखें व विश्वास करें कि इस प्रतीक का अर्थ यह है कि सोने से भरा जहाज आपके कार्यालय या दुकान में प्रवेश कर रहा है।

इसे इस तरह से कभी नहीं रखा जाना चाहिए कि यह दुकान या कार्यालय से बाहर जा रहा है। यदि यह जहाज आपके कुआ नंबर के अनुसार भाग्यशाली दिशा में रखा गया है, तो इससे ज्यादा लाभ मिलेगा। यदि लकड़ी का जहाज उपलब्ध न हो तो कपड़े या कागज पर बने जहाज की तस्वीर लटकाना भी बहुत लाभदायक है।

108 गोल्डन टिप्स
प्यार, आरोग्य, समृद्धि और सफलता के लिए

30 | मनोकामनाएँ पूरी करते हैं बुलबुले

आप अविवाहित युवक अथवा युवती हैं और एक अच्छा जीवन-साथी चाहते हैं अथवा अपने प्रेमी-प्रेमिका को जीवन.साथी के रूप में देखना चाहते हैं, तो पूर्णिमा की रात को साबुन से बने बुलबुलों को गुलाकर चंद्रमा की ओर प्रवाहित करें।

— फेंग शुई में चंद्रमा को विवाह का देवता कहा गया है। जिस रात पूरा चाँद निकला हो, आप साबुन का घोल लेकर छत पर अथवा किसी बाग़-बगीचे में चले जाएँ और इस घोल से बड़े-से-बड़े बुलबुले बनाकर चाँद की ओर प्रवाहित कर दें। प्रत्येक बुलबुले में आप अपने प्रेमी अथवा प्रेमिका की छवि देखने का प्रयास करें और यह कल्पना करें कि आप दूल्हा अथवा दुल्हन बने हुए हैं और आपका विवाह हो रहा है।

यह एक अनुभूत प्रयोग है, जो निश्चित ही आपकी वैवाहिक अभिलाषा को पूर्ण करता है। आप बस धैर्यपूर्वक अपना लक्ष्य पूर्ण होने तक प्रत्येक पूर्णिमा को यह प्रयोग दोहराते रहें।

31 पायरा वास्तु का दायरा

हमारे विगत कई दशकों के अनुभव के आधार पर हम कह सकते हैं कि पायरा वास्तु अर्थात् वास्तु दोष दूर करने में विभिन्न रंग तथा डिजाइन के धातु, लकड़ी, पत्थर, रत्नों व पौली विनायल आदि के पिरामिडों का उपयोग कई क्षेत्रों में चमत्कारी परिणाम दे सकता है।

भूमिः आज एक आदर्श भूमि प्राप्त करना बहुत मुश्किल है। पायरा वास्तु का यह नया विज्ञान हमें सक्रियण और सुधार की सरल विधि का एक शक्तिशाली तरीका देता है। विभिन्न पिरामिडों के उपयोग से घर, कारखाना, दुकान या खेत की जमीन को अधिक ऊर्जावित किया जा सकता है।

बिल्डिंगः आधुनिक आवश्यकताओं और अंतरिक्ष की कमी के कारण आज इमारतें अधिक अनियमित हो गई हैं। इसके अलावा अधिकांश मामलों में, दीवारों को भौतिक रूप से तोड़ना या स्थानांतरित करना असंभव है। अब पायरा वास्तु द्वारा आकार और ऊर्जा संतुलन में सुधार किया जा सकता है।

व्यक्तिगतः पायरा वास्तु भाग्य में वृद्धि, बच्चों के लिए सुरक्षा, अच्छे भाग्य और स्वास्थ्य, धन और शक्ति को आकर्षित करने के नए तरीके खोलता है।

फर्नीचरः घर या कार्यालय में कई वस्तुएं हमारे अपने विशिष्ट गुणों को प्रतिबिंबित करती हैं। जैसे—जैसे हम इन वस्तुओं के चारों ओर अपना अधिकांश जीवन व्यतीत करते हैं, वे आपके साथ पूर्ण सामंजस्य में होनी चाहिएँ। यह आपके कार्यालय की मेज या बिस्तर या कंप्यूटर हो सकता है, पायरा वास्तु के द्वारा अब यह संभव है।

वाहनः इलैक्ट्रॉनिक्स और स्वचालन की नई उम्र में वाहन और मशीनें आपके जीवन का हिस्सा बन गई हैं। आपकी कार से आपके घर या कारखाने का सफ़र बहुत आसानी से सुसंगत हो सकता है। पायरा वास्तु दक्षता में सुधार और रखरखाव / दुर्घटनाओं को कम करने के लिए जादू की तरह काम करता है।

32 | खोए हुए प्रेम की वापसी

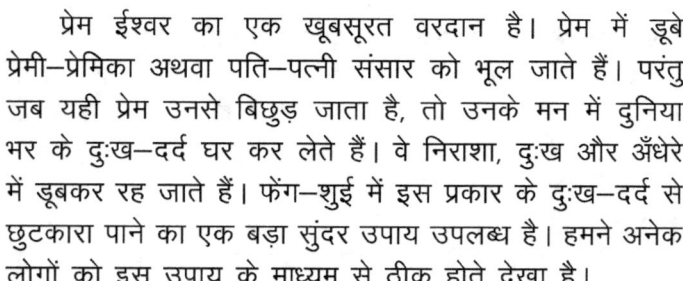

प्रेम ईश्वर का एक खूबसूरत वरदान है। प्रेम में डूबे प्रेमी–प्रेमिका अथवा पति–पत्नी संसार को भूल जाते हैं। परंतु जब यही प्रेम उनसे बिछुड़ जाता है, तो उनके मन में दुनिया भर के दुःख–दर्द घर कर लेते हैं। वे निराशा, दुःख और अँधेरे में डूबकर रह जाते हैं। फेंग–शुई में इस प्रकार के दुःख–दर्द से छुटकारा पाने का एक बड़ा सुंदर उपाय उपलब्ध है। हमने अनेक लोगों को इस उपाय के माध्यम से ठीक होते देखा है।

अपने खोए हुए प्रेम को वापस पाने के लिए 7″ x 9″ आकार के चार दर्पण लें।

— अपना एक मुस्कराता हुआ फोटो लेकर एक दर्पण के पीछे चिपका दें। (फोटो का आकार दर्पण के आकार के समान ही होना चाहिए)।

— अब अपने पति / पत्नी / मित्र अथवा उस व्यक्ति का

मुस्कराहट से भरा चित्र लें जो आप से रूठा हुआ है और जिसे आपको मनाना है। इस चित्र को एक दूसरे दर्पण के पीछे चिपका दें।

— बाकी दो दर्पणों को पीछे की ओर से एक–दूसरे के ऊपर रखकर, आपस में चिपका दें। फिर पहले दोनों दर्पणों को फोटो की ओर से, चिपके हुए दर्पणों के ऊपर रख दें।

— चारों दर्पणों को लाल रिबन अथवा लाल रंग की रेशमी डोरी से बाँधकर ग्यारह दिन और ग्यारह रातों के लिए पूजा घर अथवा किसी साफ–स्वच्छ स्थान पर रख दें। निश्चित समय के पश्चात् रूठे हुए व्यक्ति को आमंत्रित करें अथवा स्वयं उससे मिलने जाएँ आप देखेंगे कि वह व्यक्ति कितनी भावुकता और प्रेम के साथ आपसे मिलता है। पुराने सारे गिले–शिकवे दूर हो जाते हैं और आपका जीवन प्रेम की नई ऊर्जा से भरकर आकाश में उड़ने लगता है।

इस प्रयोग के द्वारा आप अपने प्रेमी–प्रेमिकाओं, मित्रों के साथ–साथ सगे–संबंधियों के प्रेम को भी पुनः प्राप्त कर सकते हैं। इतना ही नहीं, इस प्रयोग के माध्यम से शत्रु को भी मित्र बनाया जा सकता है। बस आवश्यकता है तो धैर्य और विश्वास की।

108 गोल्डन टिप्स
प्यार, आरोग्य, समृद्धि और सफलता के लिए

33 ग्रह-नक्षत्रों को अनुकूल बनाएँ

यदि पति-पत्नी के ग्रह-नक्षत्र अनुकूल न हों तो उनके संबंध असामान्य हो जाते हैं और लड़ाई-झगड़े, तना-तनी और निराशा का वातावरण बन जाता हैं इस प्रकार के वातावरण से छुटकारा पाकर ही घर का वातावरण सरल बनाया जा सकता है। पूरे घर को फेंग शुई के अनुसार शुद्ध कर हम घर में सामान्य हालात स्थापित कर सकते हैं। यह करें—

— उत्तर दिशा की शुद्धि के लिए एक जग में पानी लेकर इसमें थोड़ी केसर घोलें और घड़ी की दिशा में घूमते हुए पानी को उत्तर दिशा में स्थित कमरों के फर्श पर छिड़क दें।

— उत्तर-पूर्व और दक्षिण-पश्चिम दिशा की शुद्धि के लिए नदी अथवा समुद्र की थोड़ी मिट्टी लाएँ। वातावरण शुद्धि कारक जलाएँ। इनकी राख हो जाए तो इसे मिट्टी में मिलाकर घर के उत्तर-पूर्व और दक्षिण-पश्चिम भाग में छिड़क दें।

— पूर्व और दक्षिण-पूर्व दिशा की शुद्धि के लिए सात प्रकार के फूलों की पत्तियों को इन दिशाओं में छिड़क दें।

— दक्षिण दिशा की शुद्धि के लिए इस भाग में तीन लाल मोमबत्तियाँ प्रज्ज्वलित करें।

— पश्चिम और उत्तर-पश्चिम की शुद्धि के लिए एक कटोरे में सोने अथवा चाँदी के तीन सिक्के लेकर इस भाग में रख दें।

ये सभी चीज़ें कक्षों में 24 घंटे रहने दें। इसके बाद मिट्टी व फूलों को नदी अथवा समुद्र में प्रवाहित कर दें और सिक्कों को मंदिर में रख दें।

34

जन्मदिन पर रोज क्वार्ट्ज की बॉल

हम प्रायः हर वर्ष अपना और अपने बच्चों का जन्मदिन यथासम्भव धूमधाम से मनाते हैं। प्राचीनकाल में पुत्र के जन्म पर खुशियाँ मनाई जाती थीं और हर वर्ष धूमधाम से उनका जन्मदिन मनाया जाता था। तब पुत्रियों को इतना महत्त्व नहीं दिया जाता था। कहा जाता था कि पुत्र–वंश चलाने वाले और घर में सुख–शांति लाने वाले होते हैं, जबकि पुत्रियाँ विवाह करके दूसरों के घर में चली जाती हैं।

– फेंग शुई में पुत्र-पुत्री दोनों को समान महत्त्व देते हुए दोनों के जन्मदिन समान रूप से मनाए जाने की बात कही गई है। बच्चों के जन्मदिन पर रोज क्वार्ट्ज की बाल उपहार में देना शुभ माना गया है। कहते हैं कि इससे पूरे परिवार में सुख–शांति और प्रेम बना रहता है।

79

- जन्मदिन पर प्रायः अनेक मेहमान आते हैं, जो अपने साथ फेंग शुई की शुभ 'ची' ऊर्जा को शुभकामनाओं और उपहारों के रूप में लेकर आते हैं।
- फेंग शुई में जन्मदिन पर सोने के सिक्के, लाल रंग के वस्त्र, नीले लैम्प और खिलौने देना भी शुभ कहा गया है। इससे देने वाले और लेने वाले दोनों ही परिवारों में प्रेम, सामंजस्य और सुख–शाति बनी रहती है।

प्रेमी–प्रेमिका और पति–पत्नी भी जन्मदिन पर परस्पर रोज क्वार्ट्ज की बाल अथवा हृदय का उपहार के रूप में आदान–प्रदान करें तो उनका प्रेम मज़बूत होता है।

35 | शयनकक्ष में दर्पणः जीवन में दरार

शयनकक्ष में ऐसे दर्पण कभी न लगाएँ जो पलंग को परावर्तित करते हैं। इस प्रकार के दर्पण कक्ष से शुभ फेंग शुई ऊर्जा को बाहर कर देते हैं और वैवाहिक जीवन कड़वाहट से भर जाता है। ऐसे

घर में पति और पत्नी एक–दूसरे से विश्वासघात करते हुए देखे गए हैं। किसी 'तीसरे' की दोस्ती उनके संबंधों में दरार उत्पन्न कर देती है।

शयनकक्ष की भीतरी छत पर दर्पण लगाना और अधिक हानिकारक होता है। यह दर्पण कक्ष में स्थान बढ़ाने का भ्रम तो उत्पन्न कर देता है, लेकिन अशुभ फेंग शुई ऊर्जा को भी उतना ही अधिक बढ़ा देता है।

— ऐसे पति–पत्नी अपनी संतुष्टि के लिए निश्चित ही किसी 'तीसरे' का आश्रय लेते हैं। यह सब, दर्पण और उससे उत्पन्न अशुभ ऊर्जा के कारण होता है। अतः इस ऊर्जा से बचने के लिए शयनकक्ष में दर्पण अथवा ड्रेसिंग टेबल कदापि न रखें।

हो सके तो शयनकक्ष में दर्पण रखें ही नहीं। दर्पण यदि रखना भी पड़े तो ऐसे कोण पर रखें कि उसमें पलंग परावर्तित न हों।

108 गोल्डन टिप्स
प्यार, आरोग्य, समृद्धि और सफलता के लिए

36 | दिलों को जोड़ता है मछली का जोड़ा

फेंग शुई में मछली के जोड़े को शुभत्व का प्रतीक माना गया है। यह चमत्कारी प्रतीक घर में धन, सम्पत्ति, सुख, शांति और पारिवारिक सामंजस्य स्थापित करता है।

पूर्वी देशों में लोग मछली के जोड़ों को माला में पेण्डल की भाँति लटकाकर पहनते हैं। कुछ लोग इन्हें अपने पर्स, बैग और जेबों में रखते हैं। ऐसी धारणा है कि ये प्रतीक उन्हें दुर्घटनाओं, महामारियों, प्राकृतिक आपदाओं आदि से बचाते हैं। धनी लोग सोने की मछलियाँ बनवाकर गले में पहनते हैं बौद्ध धर्म में मछली के जोड़ों को जंतर के रूप में अभिमंत्रित करके दिया जाता है। ऐसा विश्वास है कि इसे धारण करने वाले व्यक्ति बुरी आत्माओं के प्रभाव से बचे रहते हैं। जीवन से मुक्ति प्रदान करना बौद्ध धर्म की एक चमत्कारी प्रथा है।

– नव–विवाहित युगल के शयनकक्ष में दक्षिण–पश्चिम कोने में मछली का जोड़ा रखने से उनमें प्रेम बढ़ता है और वे शारीरिक और मानसिक, दोनों ही प्रकार से एक–दूसरे से संतुष्ट रहते हैं।

– प्रेमी और प्रेमिका अपने–अपने घरों में मछली के जोड़े रखें अथवा एक–दूसरे को मछली के लॉकेट उपहार में दें तो उनका प्रेम सगल होता है। जीवन में सम्पत्ति और सामंजस्य बना रहता है।

फेंग शुई में मछली के जोड़े को अत्यंत भाग्यशाली प्रतीक माना जाता है। ऐसा विश्वास है कि इसका प्रभाव कभी व्यर्थ नहीं जाता।

37 | त्रिग्राम शुभ फल को बढ़ाते हैं

आप अपने घर को क्रिस्टल, चमकदार रोशनी और पवन—घंटियों से ऊर्जामय बना सकते हैं। कोनों को पौधों और धातुई वस्तुओं से सक्रिय अथवा निष्क्रिय, जहाँ जैसी आवश्यकता हो, कर सकते हैं।

जहाँ आपको उपचार करने में असुविधा हो, वहाँ आप इसे प्रतिकात्मक रूप से करके भी लाभ उठा सकते हैं। जैसे—आपको घर के बाहर दाहिनी ओर फव्वारा लगाने की सलाह दी गई है और ऐसा करना आपके लिए संभव नहीं है तो प्याला भर पानी रखकर ही काम चलाया जा सकता है। फव्वारा अथवा पानी का प्याला, यदि आपका प्रवेश द्वार उत्तर—पूर्व में हो, तभी रखना लाभदायक होता है।

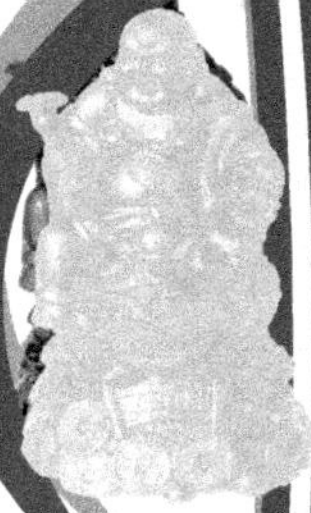

— त्रिग्राम का उपयोग करके भी आप कोनों के प्रभाव को घटा—बढ़ा सकते हैं।

— पति-पत्नी के मजबूत संबंध अथवा कारोबार में भागीदारों के बीच भाग्यवृद्धि के लिए 'कुन' के ऊपर त्रिग्राम बनाना शुभ होता है।

— प्रगाढ़ प्रेम और सुख—शांति के लिए 'कुन' प्रतीक के ऊपर 'चेन' बनाना शुभ होता है।

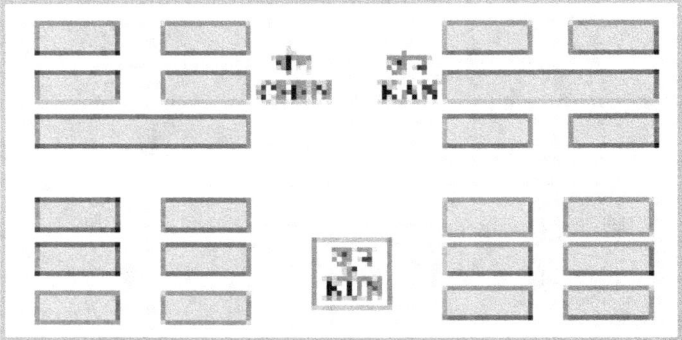

108 गोल्डन टिप्स
प्यार, आरोग्य, समृद्धि और सफलता के लिए

38 नैर्ऋत्य में हानिकारक है रसोईघर

घर के दक्षिण–पश्चिम भाग में रसोईघर होने पर परिवार के सदस्यों के बीच मतभेद बने रहते हैं। यदि आप रसोईघर को यहाँ से हटा सकते हैं तो हटा दें, अन्यथा नीचे दिए गए कुछ आवश्यक उपाय अवश्य करें।

– यदि आपका रसोईघर इस भाग में है, तो यह कोशिश करें कि सिंक और रेफ्रिजरेटर दक्षिण–पश्चिम कोने में न हो।

– रसोईघर में भरपूर प्रकाश की व्यवस्था करें।

– यदि रसोईघर में भोजन बनाते समय द्वार आपकी पीठ की ओर हो, तो सामने वाली दीवार पर एक उत्तल दर्पण लगवाएँ।

रसोईघर में चूल्हा दक्षिण–पूर्व में एवं जल उत्तर पूर्व में इस प्रकार रखें कि एक लाईन में न हों। यदि आपके घर के दक्षिण–पश्चिमी भाग में बंद पड़ा भंडार–गृह हो तो समस्या और भी गम्भीर रूप धारण कर लेती है। हमारे घरों के भंडार.गृहों में प्रायः ताला लगा रहता है और वे अंधकार में डूबे रहते हैं। फेंग–शुई में देखा गया है कि ऐसी स्थिति होने पर हमारा भाग्य भी ताले में बंद होकर किसी अंधेरे कोने में डूबा रहता है। यदि भंडार–गृह छोटे होते हैं, तो समस्याएँ भी छोटी होती हैं और भंडार–गृह बड़े होते हैं, तो समस्याएँ भी उतनी ही बड़ी और विकराल होती हैं।

– इन कष्टों से छुटकारा पाने के लिए भंडार–गृह में पर्याप्त प्रकाश की व्यवस्था करें। प्रतिदिन इसमें घर के बाकी कक्षों की भाँति साफ–सफाई करते रहें।

– भंडार–गृह में झाड़ू, कूड़ा–कचरा, बालों के गुच्छे, पौंछा न रखें।

39 शयनकक्ष में फूल स्वार्थी बनाते हैं

शयनकक्ष में ताज़े फूल अथवा इनके गुलदस्ते कभी न रखें। यह गृह–स्वामी को स्वार्थी बना देते हैं। हालांकि फूलों के चित्रों, फूलों के डिजाइनदार परदों, वस्त्रों आदि पर कोई प्रतिबंध नहीं है।

– फूल तथा लकड़ी की टहनियाँ पृथ्वी की 'येंग' ऊर्जा को समेटे होते हैं। फेंग शुई के अंतर्गत शयनकक्ष में 'येंग' ऊर्जा की वृद्धि होने पर अनेक समस्याएँ उठ खड़ी होती हैं, जैसे–पति–पत्नी में अनबन, मनमुटाव और एक–दूसरे का विरोध करने की प्रवृत्ति।

– गुलाब के लाल और काँटे लगे फूल होने पर स्थिति और बिगड़ जाती है। यहाँ तक कि लाल गुलाब किसी को भेंट में देना भी वर्जित है।

– ताज़े फूलों के स्थान पर छोटे–छोटे, हल्के रंगों की फूलों की पेंटिग, चादरें, परदे, वस्त्र आदि प्रयोग में लाए जा सकते हैं।

फेंग शुई में इस बात पर विशेष बल दिया गया है कि नव–विवाहित दम्पति शयनकक्ष में ताज़े फूल और इनसे बने गुलदस्ते रखने से बचें। कहा गया है कि फूलों की 'येंग' ऊर्जा का आधिक्य, पुरुष में स्वार्थ और प्रेम में विश्वासघात की प्रवृत्ति को बढ़ा देता है।

85

108 गोल्डन टिप्स

40 | अपनी इच्छा को ब्रह्माण्ड में भेजें

अपनी इच्छा को गुब्बारों के माध्यम से आकाश में भेजकर लाभ उठाया जा सकता है।

रविवार के दिन किसी बगीचे में चले जाएँ। गैस से भरा लाल, सफेद, गुलाबी अथवा पीले चटख रंग का गुब्बारा ले लें। नीला, काला अथवा हरा गुब्बारा न लें। ये रंग कमज़ोर ऊर्जा **'यिन'** के प्रतीक होते हैं।

बहुत ही कम शब्दों में गुब्बारे के ऊपर अपनी इच्छा/अपना उद्देश्य लिखें और इसे आकाश में छोड़ दें।

— एक गुब्बारे पर एक ही इच्छा लिखकर भेजें।

— यदि आपकी इच्छाएँ अधिक हैं तो प्रत्येक इच्छा के लिए अलग—अलग गुब्बारा प्रयोग में लाएँ। लेकिन अच्छा यही होगा कि एक बार में केवल एक ही उद्देश्य निर्धारित करें।

गुब्बारा आकाश में आपकी दृष्टि से ओझल हो जाए तो घर लौट आएँ और इसका प्रभाव देखें— आपकी इच्छा हवा के साथ पूरी पृथ्वी पर फैल जाती है और आपको शीघ्र ही इसका अनुकूल प्रभाव देखने को मिलता है।

41 नव-विवाहित सावधानी बरतें

नव–दम्पतियों को अपने शयनकक्ष में फर्नीचर, परदों, पोस्टरों, पेंटिंग्स आदि की साज–सज्जा पर विशेष ध्यान देना चाहिए। शयनकक्ष को इस प्रकार से व्यवस्थित करना चाहिए कि किसी भी एक कोने अथवा कोनों की ऊर्जा अत्यधिक न हो जाए।

नव–विवाहित जोड़े के लिए **'येंग'** ऊर्जा अत्यन्त महत्त्वपूर्ण होती है, अतः इन्हें अपना शयनकक्ष इस प्रकार व्यवस्थित करना चाहिए कि वहाँ **'येंग'** ऊर्जा का सतत् प्रवाह बना रहे। इसके लिए शयनकक्ष में लाल लालटेन, डबल हैप्पीनैस सिम्बल आदि लगाने चाहिएँ।

विवाह को जब कुछ वर्ष व्यतीत हो जाएँ तो शयनकक्ष में **'येंग'** ऊर्जा के साथ–साथ **'यिन'** ऊर्जा को भी प्रभावकारी बनाना आवश्यक हो जाता है। यदि शयनकक्ष में **'येंग'** ऊर्जा की अधिकता होती है तो पुरूष अपनी पत्नी से संतुष्ट नहीं हो पाते और काम–तुष्टी के लिए पर–स्त्री–प्रसंग की ओर झुकते देखे गए हैं।

– शयनकक्ष में ड्रेगन की प्रतिमा अकेले न रखें। इसके साथ फीनिक्स के चित्र अथवा प्रतिमा भी रखें।
– मंडेरियन बत्तख का जोड़ा दक्षिण–पष्चिम में स्थापित करें साथ में रोज क्वार्ट्ज के बने अंगूर रखना इस प्रभाव को बढ़ाता है।

42 सफलता आपकी मुट्ठी में

अपने ऑफिस के केबिन में इस प्रकार से न बैठें कि केबिन के दरवाज़े की ओर आपकी पीठ हो। इस प्रकार से बैठने पर प्रायः छल, कपट और विश्वासघात से दो–चार होना पड़ता है। हमेशा पीठ को एक ठोस दीवार की ओर करके बैठें।

– यदि आपका ऑफिस किसी बहुमंज़िली इमारत की सबसे ऊपर वाली मंज़िल पर स्थित है और आपके ऑफिस कक्ष में जहाँ आप बैठते हैं, पीछे खिड़की है तो यह स्थिति अनुकूल नहीं है। इस स्थिति में आपको व्यवसाय अथवा कैरियर में ठोस आधार प्राप्त होने के अवसर बहुत कम होते हैं।

– सदैव ठोस दीवार की ओर पीठ करके बैठें। दरवाज़ा आपके सामने की ओर हो। पीछे दीवार पर एक विशाल पर्वत का बड़ा पोस्टर लगाएँ। पर्वत का आकार नुकीला न हों, बल्कि कछुए की पीठ की भाँति ढलवाँ हो।

– पर्वत की ओर मुँह करके न बैठें, अन्यथा जीवन में सब कुछ हार बैठेंगें।

43 | भाग्यशाली फूलदान

घर को सुख–समृद्धि से भरपूर रखने के लिए सुंदर गूलदान, कलश और मर्तबानों से घर को सजाना चाहिए। चीनी मिट्टी के बने ये गूलदान आदि सस्ते और सजावटी होने के साथ–साथ 'ची' ऊर्जा के अच्छे माध्यम होते हैं।

— पतली सुराहीदार गर्दन वाले और मिट्टी की गुल्लक के आकार के जार धन–दौलत में वृद्धि के प्रतीक माने गए हैं।

— चीनी मिट्टी के शुभ प्रतीकों वाले जार फेंग शुई में बहुत भाग्यशाली माने गए हैं। इन पर बना पक्षियों का जोड़ा, फीनिक्स, ड्रेगन आदि शुभ ऊर्जा के अच्छे स्रोत होते हैं।

— धरती तत्त्व की वृद्धि के लिए भी इनका उपयोग किया जाता है। इनमें रत्न, क्रिस्टल, कीमती पत्थर के टुकड़े आदि डालकर घर के दक्षिण–पश्चिम कोने में रखें। इन्हें कभी भी खाली न रखें।

44 प्रेम के प्रतीक जुड़वाँ पक्षी

विवाहित जीवन में प्रेम और स्थायित्व के लिए हंस का जोड़ा बहुत भाग्यशाली माना गया है जो अभी–अभी प्रेम बंधन में बँधे हैं, उनके लिए जुड़वाँ मंडेरियन बत्तख अधिक उपयुक्त होती हैं।

– वैवाहिक जीवन में विश्वास, प्रेम और अटूटता बनाए रखने के लिए आवासीय कक्ष के दक्षिण–पश्चिम भाग में उड़ते हुए हंस के जोड़े की पेंटिंग अथवा प्रतिमाएँ रखें।
– हंसों को अच्छे भविष्य की मुहर माना जाता है। ये शुभ **'येंग'** ऊर्जा के प्रवाहक भी होते हैं।
– जहाँ हंसों का जोड़ा रखा जाता है, वहाँ पति–पत्नी वचन का निर्वाह करने वाले और एक–दूसरे के प्रति वफादार होते हैं।

हंस बहुत वफादार पक्षी होते हैं। ये जीवन में एक बार जोड़ा बनाते हैं और अंत तक साथ रहते हैं। ये आकाश में अकेले कभी नहीं उड़ते। हमेशा जोड़े में उड़ते हैं। यही कारण है कि इन्हें अनन्त प्रेम के प्रतीक के रूप में घर में रखा जाता है।

घर में बत्तख अथवा हंस आदि का एक ही जोड़ा रखें –या तो बत्तख का जोड़ा रखें या हंस का जोड़ा। इसे घर के दक्षिण–पश्चिम में रखें। इनके पास पर्याप्त रोशनी की व्यवस्था करनी चाहिए।

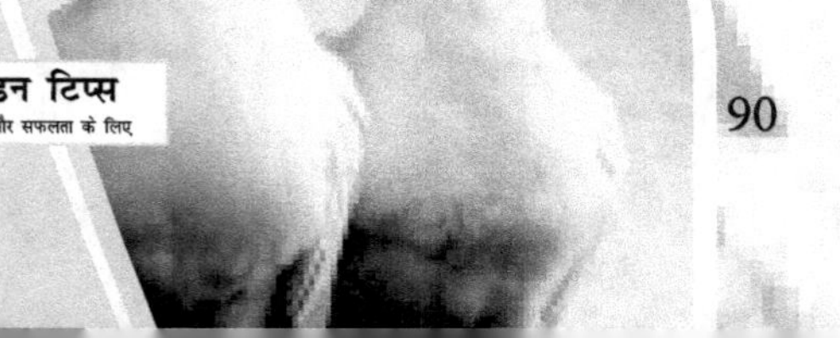

45 | जीवन में रंगों का महत्त्व

रंग हमारे जीवन को रंगीन बनाते हैं। यह हम भली–भाँति जानते हैं। शायद तभी ईश्वर निर्मित यह प्रकृति भी इतनी रंग–बिरंगी है।

— फेंग शुई के अनुसार हमारे घर में फैले विभिन्न रंग भी हमें बेहद प्रभावित करते हैं। घर का प्रत्येक कोना फेंग शुई के अनुसार रंग का हो तो सब ठीक रहता है और इसका हमें अपेक्षित अनुकूल लाभ प्राप्त होता है, किंतु यदि रंगों का प्रयोग अव्यवस्थित ढंग से किया गया होता है तो इसका हम पर बेहद प्रतिकूल प्रभाव पड़ता है।

— रंगों के गलत प्रयोग से तनाव, चिड़चिड़ापन, सिरदर्द, उदासीनता, अवसाद आदि मानसिक बीमारियाँ हमें आ घेरती हैं। अतः रंगों के प्रयोग में बेहद सावधानी बरतनी चाहिए।

अपने घर को निम्न सारणी के अनुसार रंग दें। ये रंग दीवारों पर पोतने आवश्यक नहीं हैं इन रंगों के परदे, पोस्टर, वाल–पेपर आदि भी उतने ही प्रभावी होते हैं।

कोने और रंग			
कोने	**प्रमुख रंग**	**द्वितीय रंग**	**वर्जित रंग**
पूर्व	कत्थई, हरा	काला, नीला	धातुई, श्वेत
पश्चिम	भूरा, श्वेत	पीला, धातुई	संतरी, लाल
उत्तर	नीला, काला	धातुई, श्वेत	पीला, मटमैला
दक्षिण	संतरी, लाल	हरा, पीला	नीला, काला
दक्षिण–पूर्व	हल्का हरा	हल्का नीला	श्वेत, भूरा
द.–पश्चिम	मटमैला, पीला	संतरी, लाल	कत्थई, हरा
उत्तर–पूर्व	मटमैला, पीला	संतरी, लाल	कत्थई, हरा
उ.–पश्चिम	धातुई, श्वेत	पीला, भूरा	संतरी, लाल

108 गोल्डन टिप्स
प्यार, आरोग्य, समृद्धि और सफलता के लिए

46 | भाग्यशाली बनें, धनवान बनें

घर में धन के सतत् प्रवाह के लिए घर के मुख्य द्वार के भीतर की ओर हैण्डल पर तीन चीनी भाग्यवर्धक सिक्के बाँधकर लटकाएँ।

– तीन चीनी सिक्के लें। इनमें चौकोर छेद वाले सिक्के लेकर इनमें लाल डोरी या रिबन बाँधकर इन्हें मुख्य द्वार के हैण्डल पर भीतर की ओर बाँधकर लटका दें। घर में पैसों की कमी न होने के लिए यह एक बेहतरीन नुस्खा है।

– अच्छे भाग्य के लिए एक छोटी घंटी मुख्य द्वार के बाहर टाँगी जा सकती है। यहाँ छोटी घंटी और सिक्के में अंतर है। घंटी जहाँ शुभ भाग्य की द्योतक है, वहीं सिक्के धन का प्रतिनिधित्व करते हैं।

उपर्युक्त दोनों प्रयोग मुख्य द्वार के लिए ही हैं। घर के सभी द्वारों पर इन्हें न आजमाएँ। फेंग शुई का प्रयोग संतुलन बनाने के लिए है। अधिक फेंग शुई भी संतुलन बिगाड़ देती है।

अपना पूरा ध्यान केवल मुख्य द्वार पर ही केन्द्रित रखें। पिछले द्वार पर ये प्रयोग कभी न करें। आपके घर का मुख्य द्वार पश्चिम अथवा उत्तर–पश्चिम में होता है, तभी उपर्युक्त विधियाँ अधिक कारगर होती है, क्योंकि सिक्के और घंटी धातु के बने होते हैं और ये दोनों दिशाएँ धातु तत्त्व का प्रतिनिधित्व करती हैं।

47 | सुनहरे भविष्य के प्रतीक हैं संतरे

घर के दक्षिण–पूर्व में नींबू अथवा संतरे का पेड़ लगाना बहुत शुभ होता है। यदि आपके प्रवेश द्वार के निकट संतरे का पेड़ लगा है और यह दक्षिण–पूर्व की ओर है तो इसका बहुत अच्छा परिणाम प्राप्त होता है। पेड़ पर बहुत सारे फल लगना सोने में सुहागा होता है।

– चीनी भाषा में संतरे को 'कुम' कहते हैं। सोने को भी 'कुम' कहा जाता है। इस प्रकार संतरे का घर के निकट फलना–फूलना आपके घर को धन–सम्पत्ति से भर देता है।

– यदि आपके घर में बगीचा है तो इसमें संतरों के पेड़ दक्षिण–पूर्व में लगाने पर घर के सभी सदस्यों को सफलता और उन्नति के नए–नए संसाधन प्राप्त होते हैं।

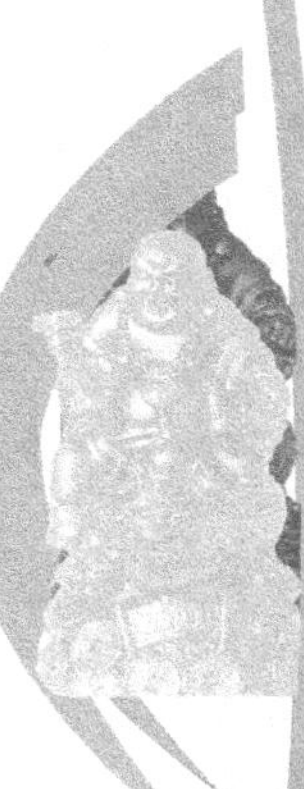

वस्तुतः फलने–फूलने वाले अधिकतर पेड़–पौधे उन्नति और समृद्धि के प्रतीक होते हैं, तथापि गुलदाऊदी, आर्किड, बाँस और आलूबुखारे के पेड़–पौधे फेंग शुई में विशेष तौर पर शुभ कहे गए हैं।

93

48 शयनकक्ष में जल-दृश्य न लगाएँ

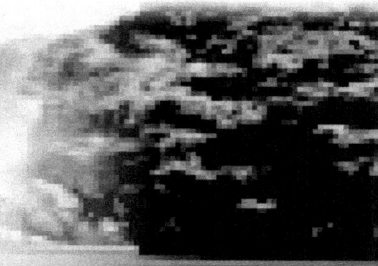

शयनकक्ष में जल–कुण्ड, एक्वेरियम (मछली–घर) और यहाँ तक कि झरनों, नदियों, तालाबों आदि की कलाकृतियाँ भी नहीं लगानी चाहिएँ। फेंग शुई में इन सब चीजों को धन–हानि, बीमारी और विश्वासघात में वृद्धि करने वाला बताया गया है।

– पति–पत्नी के संबंधों को शयनकक्ष में नया आयाम प्राप्त होता है। झरनों, नदियों आदि के चित्र इन संबंधों में कड़वाहट घोलने का कार्य करते हैं। यदि समय रहते आप नहीं संभलते तो इन संबंधों में ऐसी दरार उत्पन्न हो जाती है कि फिर उसे भरना असंभव हो जाता है।

प्रायः ऐसा देखने में आया है कि जिन शयनकक्षों में इस प्रकार के जल–प्रतीक पाए जाते हैं, वहाँ पति–पत्नी में प्रेम तो बहुत होता है, लेकिन वह दिखावटी होता है। ऐसे पति–पत्नी एक–दूसरे से विश्वासघात करते हुए देखे गए हैं।

– ऐसा भी देखने में आया है कि ऐसे घरों में चोरियाँ और किसी भी प्रकार से धन–हानि के मार्ग खुले रहते हैं।

शयनकक्ष में पीने के लिए केवल थोड़ा–सा पानी रखना ही पर्याप्त होता है। झरनों, नदियों, जलाशयों आदि के बड़े–बड़े पोस्टर लगाने से हमेशा बचना चाहिए।

49 | वधू की विदाई लाल कार में

फेंग शुई में रंगों का बहुत महत्त्व है। यदि आप दाम्पत्य जीवन में सुख–शांति और चहुँमुखी सफलता चाहते हैं, तो रंगों का थोड़ा–सा हेर–फेर करके आप इसे प्राप्त कर सकते हैं। ध्यान रखें –

– वधू को पहली बार लाल रंग की कार अथवा लाल रंग की डोली में बिठाकर वर के घर ले जाया जाए।

– वर और वधू के हाथों में ड्रेगन और फीनिक्स के चित्रों से कढ़ाई किए हुए एक–एक रूमाल दे दें।

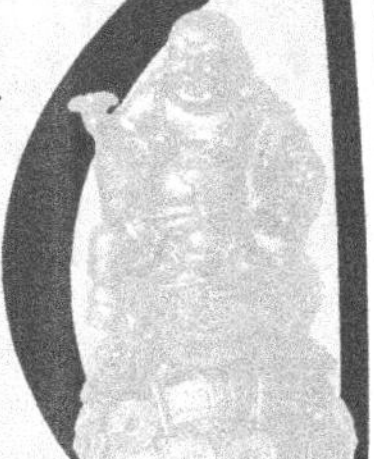

लाल कार अथवा डोली न मिलने की स्थिति में कोई भी **'येंग'** रंग प्रयोग में लाया जा सकता है।

– वर और वधू को विवाह के संस्कारों के दौरान क्रमशः 'येंग' और 'यिन' रंगों के वस्त्र धारण करने चाहिएँ।

– बारात जब घर पर पहुँचे तो वधू के घर के बाहर लाल रंग के पटाखे चलाना भी बड़ा शुभ होता है। इससे घर के वातावरण में **'येंग'** ऊर्जा का सकारात्मक प्रवाह होता है।

येंग रंगः– लाल, पीला, सफेद और महरून रंगों को **'येंग'** अर्थात पुरुष–प्रधान रंग कहा गया है।

यिन रंगः– काला, कत्थई, नीला और इनके सभी शेडों को **'यिन'** अर्थात स्त्री–प्रधान रंगों में सम्मिलित किया गया है।

गुलाबी रंग को परिस्थितियों के अनुसार **'यिन'** और **'येंग'** किसी में भी शामिल किया जा सकता है।

95

50 | निराशा में आशा-लाल रंग

यदि आप एक निराश प्रेमी हैं। कोई लड़की आपको घास नहीं डालती अथवा आप प्रेम के प्रति बेहद उदासीन हैं तो आपके जीवन में उत्साह और उमंग का सर्वथा अभाव हो सकता है।

– अपने शयनकक्ष की दक्षिण–पश्चिम दीवार को लाल–चमकीले रंग से पोत दें अथवा चटख लाल रंग का वाल पेपर यहाँ चिपका दें और चमत्कार देखें। इससे घर के वातावरण में शक्तिशाली 'येंग' ऊर्जा उत्पन्न होगी, जो इस क्षेत्र में 'ची' की अग्नि प्रज्ज्वलित कर देगी।

– लाल रंग में शक्तिशाली ऊर्जा होती है। इसे दक्षिण–पश्चिम में ठीक स्थान पर लगाया जाए तो यह प्रेम और रोमांस की 'ची' ऊर्जा को तीव्रता से सक्रिय करता है। फिर प्रेम की ओर उदासीन रहने वाले व्यक्ति का दिल भी फड़कने लगता है।

– लाल रंग को ठीक स्थान पर लगाया जाए तो यह सही वक्त पर निश्चित ही अपना कार्य ठीक प्रकार से करता है। इसकी अधिकता के भी खतरे हैं।

– लाल रंग की अधिकता से व्यक्ति प्रेम के मामले में उग्र और हिंसक हो जाता है। अतः सावधानीपूर्वक एक–एक कदम बढ़ाएँ। लाल रंग का उद्देश्य पूर्ण होने पर उस कोने को पुनः पहले वाले रंग से पोत दें।

51 | शुभ होते हैं दिल के प्रतीक

दिल के आकार अथवा प्रतीक को विश्व भर में प्रेम के प्रतीक के रूप में मान्यता प्राप्त है। फेंग शुई में क्रिस्टल को विवाह और पारिवारिक भाग्य के रूप में शुभ माना गया है।

— क्रिस्टल, रोज क्वार्ट्ज अथवा अन्य रत्नों को दिल के आकार में बनवाकर गले में पहनना, उपहार में देना अथवा अपने शयनकक्ष में रखना शुभ होता है। इससे वैवाहिक प्रेम स्थाई बना रहता है।

— लाल मूँगे के बने दिल के आकार युवतियाँ गले में धारण करें तो उन्हें अच्छा और मनपसंद जीवन–साथी मिलता है।

— नीले अथवा हरे रत्नों के बने दिल के आकार अच्छे नहीं माने गए हैं। नीले रत्नों के दिल के आकार गले में धारण करने वालों का प्रेम अधिक दिन तक नहीं चल पाता। शीघ्र ही उनके प्रेम में दरार पड़ जाती है।

97

क्रिस्टल अथवा अन्य कीमती रत्नों के बने दिल के आकारों को प्रयोग में लाने से पहले, ऊर्जामय बनाना आवश्यक है। इसके लिए—

— पूर्णिमा की रात से लगातार तीन रातों तक अपने दिल के आकारों (प्रतीकों) को चंद्रमा के प्रकाश में सक्रिय होने के लिए रखें।

इसके बाद उन्हें अपने शयनकक्ष में तकिये के नीचे रख लें। कहा जाता है कि विवाह का देवता चंद्रमा पर रहता है, वह अपनी शुभ ऊर्जा से इन्हें ऊर्जामय करके आपके वैवाहिक जीवन को सुख–शांति, प्रेम और सामंजस्य से भर देता है।

— अविवाहित युवतियाँ चंद्रमा के प्रकाश में अभिमंत्रित किए गए दिल के आकार के पेन्डेन्ट को गले में धारण करें, तो उनका विवाह शीघ्र होता है। समस्त बाधाएँ स्वतः समाप्त होती चली जाती हैं।

घर के दक्षिण–पश्चिम भाग में बॉल के आकार के बड़े–बड़े क्रिस्टल रखें। ये घर की पृथ्वी ऊर्जा को बढ़ाते हैं, जिससे घर में धन–सम्पत्ति का अभाव समाप्त होता है। परिवार के सदस्यों के मध्य प्रेम–भाव में वृद्धि होती है।

52 | संगठन के लिए वीणा

संगीत की स्वर–लहरियाँ निराश मन में ताज़गी का संचार कर देती हैं। मनुष्य जब–जब निराशा, उदासी और अवसाद से घिरता है, उसे संगीत की शरण लेने को कहा जाता है। आपने संगीत की लहरों में श्रोताओं को झूमते हुए अवश्य देखा होगा। संगीत के सम्मोहन से लोग सुध–बुध खो बैठते हैं।

प्राचीनकाल में चीन में वीणा जैसा एक वाद्ययंत्र लोगों को एक–दूसरे से जोड़ने और उनके बीच प्रेम बढ़ाने के लिए व्यापक रूप से इस्तेमाल किया जाता था। चीन के पौराणिक सम्राट फू सी, जिसने आइ चिंग की रचना की, उसके काल में यह वाद्य यंत्र बहुत लोकप्रिय था।

99

– ऐसा विश्वास है कि वीणा का मधुर स्वर व्यावहारिक रूप से तो सफलता का आशीर्वाद प्रदान करता ही है, स्त्री और पुरुष के बीच मित्रता और प्रेम भी बढ़ाता है। यह शुभ प्रभाव वीणा की मधुर स्वर लहरियों के कारण होता है। अतः वीणा को पारिवारिक जीवन के लिए सुख और शांति का प्रतीक कहा गया है।

पारम्परिक रूप से वीणा फीनिक्स वृक्ष की लकड़ी से बनाई जाती है। चीड़ की लकड़ी से बनी वीणा को भी एक शुभ प्रतीक माना गया है।

आरम्भिक काल में वीणा में पाँच तार होते थे, जो क्रमशः काष्ठ, अग्नि, पृथ्वी, धातु और जल का प्रतिनिधित्व करते थे। बाद में इसमें दो तार और जोड़ दिए गए, जो समीर और पवन के द्योतक बनें।

– फेंग शुई में मान्यता है कि वीणा का स्वर ही नहीं, वरन् वीणा अथवा इसकी पेंटिग को भी घर में रखने से सुख–शांति, शिष्टता, मधुरता, कोमलता और शक्तिशाली ऊर्जा की प्राप्ति होती है। घर में वीणा–वादन करती हुई स्त्री की पेंटिंग लगाना बहुत शुभकारी होता है।

आधुनिक फेंग शुई के अंतर्गत वायलिन और बाँसुरी को भी प्राचीन वीणा की भाँति ही शुभकारी और पारिवारिक संगठन के शक्तिशाली प्रतीक के रूप में सम्मानजनक स्थान प्राप्त है।

– आप अपने घर में वीणा, वायलिन अथवा बाँसुरी वादन करती हुई किसी युवती का चित्र लगाएँ और घर में सामंजस्य और प्रेम से भरपूर शुभ **'ची'** ऊर्जा को प्रवाहित होता हुआ स्वयं अनुभव करें।

53 सुगंध से दूर करें तनाव

विशेष वातावरण शुद्धिकारक का सुगंधित धुआँ भी घर में स्वास्थ्यवर्धक और मैत्रीपूर्ण वातावरण की रचना करता है। सुगंधों का चुनाव अपनी पसंद के आधार पर किया जा सकता है।

– सुगंधों से मानसिक तनाव दूर होता है, कार्य–क्षमता बढ़ती है और शारीरिक रूप से मज़बूती प्राप्त होती है।

– सुगंधित धुएँ से वातावरण में मौजूद पुरानी घनीभूत अशुभ ऊर्जा दूर हो जाती है और वहाँ का वातावरण शुभ ऊर्जा से महक उठता है।

– इसके लिए विशेष वातावरण शुद्धिकारक की रील को जलाकर अपने इष्ट देवता का ध्यान करते हुए इसे लेकर घर के कोने–कोने में जाएँ और कल्पना करें कि आपके घर की सारी घनीभूत अशुभ ऊर्जा वहाँ से छँट रही है, उसके स्थान पर घर में एक अद्भुत प्रकाश भरता चला जा रहा है। विशेष वातावरण शुद्धिकारक रील के साथ कपूर के प्रयोग से यह क्रिया करना अति योगकारक सिद्ध होगी। यह प्रयोग प्रतिदिन नियमित रूप से करना चाहिए। तत्पश्चात् हमारे जीवन में खुशी एवं सौहार्द का वातावरण बनेगा।

54 शयनकक्ष में अग्नि तत्व

– शयनकक्ष वह स्थान है जहाँ रिश्ते बनते भी हैं और बिगड़ते भी हैं। यहाँ प्रकाश की उचित व्यवस्था करके काम.भावना को संतुलित किया जा सकता है। बिजली का प्रकाश 'येंग' ऊर्जा में वृद्धि करता है। 'येंग' ऊर्जा पुरुष–प्रधान होने के कारण, यदि इसमें वृद्धि हो जाए तो पुरुष आक्रामक हो जाता है और पति–पत्नी के बीच की प्रेम–भावना में दरार पड़ने लगती है। अतः शयनकक्ष में प्रकाश–रूपी अग्नि तत्व का बहुत सावधानी से इस्तेमाल करना चाहिए।

– कुछ व्यक्ति तेज़ रोशनी में दाम्पत्य–क्रिया करने के समर्थक होते हैं। यह एक गलत शुरुआत होती है। तेज़ रोशनी से 'येंग' ऊर्जा की अधिकता के कारण पुरूष का दिमाग़ और शरीर दोनों ही आवश्यकता से अधिक उत्तेजित हो जाते हैं। तेज़ रोशनी पुरूष को तीव्र कामुकता से भर देती है और 'यिन' ऊर्जा की कमी के कारण स्त्री को इससे आघात पहुँचता है और संबंधों में कड़वाहट उत्पन्न होती है।

हल्की रोशनी और 'यिन' एवं 'येंग' रंगों के संतुलन का शयनकक्ष में विशेष ध्यान रखना चाहिए। शयनकक्ष में नीले प्रकाश के लैम्पों के ऊपर लगे शेडों पर ड्रेगन और फीनिक्स

के चित्र लगवाना अच्छा होता है। ये प्रतीक दाम्पत्य जीवन में संतुलन बनाए रखते हैं।

यदि आप अपने शयनकक्ष में बिल्कुल प्रकाश नहीं रखना चाहते, तो वह भी 'येंग' ऊर्जा के लिए हानिकारक होता है। इसके विकल्प के रूप में आप शयनकक्ष में लाल रंग के पर्दे, लाल रंग की चादरें और लाल रंग के चित्र लगवा सकते हैं।

— शयनकक्ष में प्रेम की वृद्धि के लिए मन्डेरियन बत्ख़ का जोड़ा, लव बर्ड, युवक–युवती के आलिंगनबद्ध जोड़ों की तस्वीरें आदि लगाए जाने चाहिएँ।

— शयनकक्ष के उत्तर–पूर्व भाग में चीनी मिट्टी के बने एक कलात्मक गुलदान में एक लाल और एक नीला कमल का ताज़ा फूल रख लेना शुभ होता है। यदि यह प्रतिदिन सम्भव न हो, तो नव–दम्पति अपनी सुहागरात से अगले कुछ दिनों तक ताज़े कमल के लाल और नीले पुष्पों को रखकर अपने वैवाहिक प्रेम को स्थायित्व प्रदान कर सकते हैं।

103

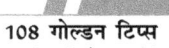

55 भाग्यांक से चुनें जीवनसाथी

अपने समूह वाले व्यक्ति से विवाह करना फेंग शुई के अनुसार अधिक अच्छा होता है। जो लोग भाग्यांक के अनुसार अपना समूह ज्ञात करके जीवनसाथी का चुनाव करते हैं, उनके रिश्तों में अधिक मधुरता, सामंजस्य और समझ होती है।

भाग्यांक के अनुसार समूह और शुभ दिशाएँ:

भाग्यांक	समूह	शुभ दिशाएँ
1, 3, 4 और 9 पुरुष और स्त्रियों दोनों के लिए	पूर्व	दक्षिण, उत्तर, दक्षिण पूर्व और पूर्व
2, 6, 7 और 8 पुरुष और स्त्रियों दोनों के लिए	पश्चिम	उत्तर–पश्चिम, उत्तर–पूर्व, दक्षिण–पश्चिम और पश्चिम
5 पुरुषों के लिए	पश्चिम	उत्तर–पश्चिम, उत्तर पूर्व, दक्षिण–पश्चिम और पश्चिम
5 स्त्रियों के लिए	पश्चिम	उत्तर–पश्चिम, उत्तर–पूर्व, दक्षिण–पश्चिम और पश्चिम

अब मान लीजिए, आपने ऐसे जीवनसाथी का चयन किया है, जिसका समूह आपसे भिन्न है, तो समस्याएँ ही जन्म लेंगी। इन समस्याओं से बचने के लिए आपको अपने भाग्यांक के अनुसार शुभ दिशाओं में सिर रखकर शयन करना चाहिए।

56 | रंग और दिशाओं का मेल करें

वातावरण में रंगों की पृथकता से भिन्न–भिन्न प्रकार की 'ची' ऊर्जा प्रसारित होती है। हम रंगों में हेर–फेर करके 'ची' को अपने अनुकूल बना सकते हैं। मौसम के अनुकूल रंगों के परिधान पहनना भी भाग्यवर्धक होता है। उदाहरण के तौर पर, गर्मी के मौसम में अग्नि तत्त्व बहुत अधिक सशक्त होता है, अतः लाल रंग के वस्त्र पहनने से बचना चाहिएं।

इसके विपरीत सर्दी के मौसम में अग्नि तत्त्व से संबद्ध रंगों के वस्त्र धारण करने चाहिएं।

किसी शुभ कार्य पर अथवा अपने प्रेमी से पहली मुलाकात पर जाते समय यदि आप उचित रंग के वस्त्र पहनकर जाएँ तो आपकी अभिलाषा अवश्य पूर्ण होती है। उचित रंगों के साथ–साथ आपको अपने बैठने की दिशा भी तय करनी चाहिए। आपका मुँह भी आपके लिए अनुकूल दिशा में होना आवश्यक है।

105

अनुकूल दिशा की सारणी नीचे दी गई है। दिशा तय करने के लिए आपको एक दिशासूचक यंत्र (कम्पास) अपने पास रखना चाहिए।

भाग्यशाली रंग की सारणी

यदि आपकी शुभ दिशा है	शुभ कार्य पर जाते समय अनुकूल रंग	आपके भाग्यांक	आपके लिए अनुकूल दिशाएँ
उत्तर	नीला,	3/4/1	दक्षिण या उत्तर
दक्षिण	लाल	1/4/9	उत्तर या दक्षिण
पूर्व और दक्षिण पूर्व	हरा	1/3/4	पूर्व या दक्षिण–पूर्व
पश्चिम उत्तर पूर्व	पीले और चमकीले रंग, श्वेत	2/5/6/7	पश्चिम या उत्तर पूर्व
दक्षिण पूर्व और उत्तर पूर्व	संतरी, लाल और पीला	2/5/9	उत्तर पूर्व या दक्षिण पूर्व

यदि आपका भाग्यांक 1 और शुभ दिशा उत्तर है तो आपको हल्के रंग के वस्त्र धारण करके अपने प्रेमी से मिलने अथवा किसी शुभ कार्य पर जाना चाहिए। वहाँ आपको दक्षिण अथवा उत्तर दिशा की ओर मुँह करके बैठना चाहिए। इस प्रकार उपयुक्त सारणी से अपने अनुकूल रंग और दिशाओं का चयन कर आप उचित लाभ उठा सकते हैं।

57 प्यार और रोमांस की दिशा

यदि आप वैवाहिक भाग्य में वृद्धि करना चाहते हैं तो अपना शयनकक्ष अपनी पारिवारिक दिशा में बनाएँ। यह दिशा आपके प्रेम और रोमांस की भाग्यशाली दिशा होती है।

अपना भाग्यांक (टिप न. 63) निकालें और नीचे सारणी से अपनी पारिवारिक दिशा ज्ञात करें।

अपना शयनकक्ष घर के इसी जोन में बनाएँ तथा अपनी पारिवारिक दिशा में ही सिर रखकर सोएँ।

अविवाहित युवक-युवती अपनी पारिवारिक दिशा में सिर रखकर सोएँ तो उनका विवाह शीघ्र ही होने की प्रबल संभावना बनती हैं।

अपनी पारिवारिक दिशा के अनुकूल सोने से चहुँमुखी लाभ प्राप्त होता है। घर में सुख, समृद्धि आती है, सफलता मिलती है और मान-सम्मान में वृद्धि होती है।

भाग्यांक	आपकी पारिवारिक दिशा
1	दक्षिण
2	उत्तर-पश्चिम
3	दक्षिण-पूर्व
4	पूर्व
5	उत्तर-पश्चिम, पश्चिम
6	दक्षिण-पश्चिम
7	उत्तर-पूर्व
8	पश्चिम
9	उत्तर

58 | अनियमित आकारः रिश्तों में दरार

चीनी फेंग शुई के विस्तृत अध्ययन से यह ज्ञात होता है कि किसी भी वस्तु का आकार पारिवारिक जीवन में मधुरता और सामंजस्य बनाए रखने में महत्त्वपूर्ण भूमिका निभाता है।

अनियमित आकार के भू-खण्ड-गोलाकार, त्रिभुजाकार अथवा बहुभुजाकार, सुखी पारिवारिक जीवन के लिए अनुकूल नहीं होते हैं। इन भू-खण्डों पर निवास करने वाले व्यक्तियों के पारिवारिक जीवन में अनेक समस्याएँ उत्पन्न हो जाती हैं। ये समस्याएँ छोटे से आरम्भ होकर धीरे-धीरे विकराल रूप धारण कर लेती हैं, जबकि नियमित आकार वाले भू-खण्ड इन सभी समस्याओं को समाप्त करने वाले होते हैं।

यदि घर में अनियमित जैसे-गोलाकार अथवा अंडाकार आकार की भोजन-मेज़ हो तो ये पारिवारिक जीवन की समरसता के लिए हानिकारक है। इनके कारण परिवार में ऐसी स्थितियाँ उत्पन्न हो जाती हैं कि परिवार के सभी सदस्यों के रिश्तों में दरार उत्पन्न हो जाती है और वे साथ-साथ खाना खाने तक से वंचित हो जाते हैं।

इसके विपरीत नियमित आकार की वस्तुएँ परिवार में सुख-शांति और वैभवता को बढ़ाती हैं। नियमित आकार पारिवारिक संबंधों को मज़बूती प्रदान करता है।

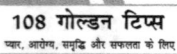

59 सुखद नहीं होती अनुपयुक्त स्थिति (संबंधों में तनाव)

जिस प्रकार वास्तु–शास्त्र में अनुपयुक्त भू–खण्ड समस्याएँ उत्पन्न करते हैं, उसी प्रकार चीनी फेंग शुई के अनुसार भवन में वस्तुओं की अनुपयुक्त स्थितियाँ पारिवारिक जीवन में दुःख, हानि और संबंधों में तनाव उत्पन्न करती हैं।

– शयनकक्ष में पलंग और श्रृंगार मेज़ की अनुपयुक्त स्थितियाँ वैवाहिक जीवन के लिए सुखद नहीं होतीं। इनके कारण नींद में भी बाधा पड़ती है, जिससे व्यक्ति का स्वास्थ्य प्रभावित होता है।

– उपयुक्त स्थिति और दिशा में रखे गए गोलाकार दर्पण और मनभावन पेंटिग आपसी संबंधों के बीच की आत्मीयता में वृद्धि करके उन्हें मज़बूती प्रदान करते हैं।

– बर्फ से ढका हिमालय पर्वत, कैलाश पर्वत ,एल्प्स या किसी अन्य पर्वत का बड़ा पोस्टर घर की दक्षिण–पश्चिम दीवार पर लगाने से जीवन में स्थायित्व और मज़बूती आती है।

– एक ही सीध में एक साथ तीन या अधिक द्वार नहीं होने चाहिएँ द्वार के सामने बाधाएँ अथवा अनुपयुक्त स्थितियाँ घर के सुख को घटाती हैं।

60 | अच्छे भाग्य के लिए सुमंगल दीपक

प्रत्येक व्यक्ति की यह इच्छा होती है कि उसके घर में प्रेम, सुख–शांति और सामंजस्य बना रहे। इसके लिए फेंग शुई में एक अत्यंत सरल विधि का उल्लेख किया गया है जो अत्यंत कारगर और सिद्ध है। कोई भी व्यक्ति इसे उपयोग में लाकर अपेक्षित लाभ प्राप्त कर सकता है।

सुमंगल दीपक

सुमंगल दीपक नियमित रूप से दक्षिण–पूर्व में बैठक/ स्वागत स्थल पर निम्नानुसार जलाएँ। इससे भवन/घर की अधिकांश समस्याएँ आसानी से हल हो सकती हैं।

अविवाहित पुत्र–पुत्री के शयनकक्ष के दक्षिण–पश्चिम कोने में सुमंगल दीपक जलाने से विवाह के भाग्य शीघ्र खुलते हैं।

61 भाग्यशाली पा-कुआ

भाग्यशाली पा-कुआ मनुष्य की प्रत्येक इच्छा को शीघ्र ही पूरा करता है। व्यक्ति को अपने भाग्यशाली पा-कुआ के अनुरूप ही अपने घर को व्यवस्थित रखना चाहिए। अपना कुआ नम्बर जोड़ लें और इसे उपयोग में लाएँ आपका पूरा घर पा-कुआ के अनुसार आठ भागों में बॉटा जा सकता है।

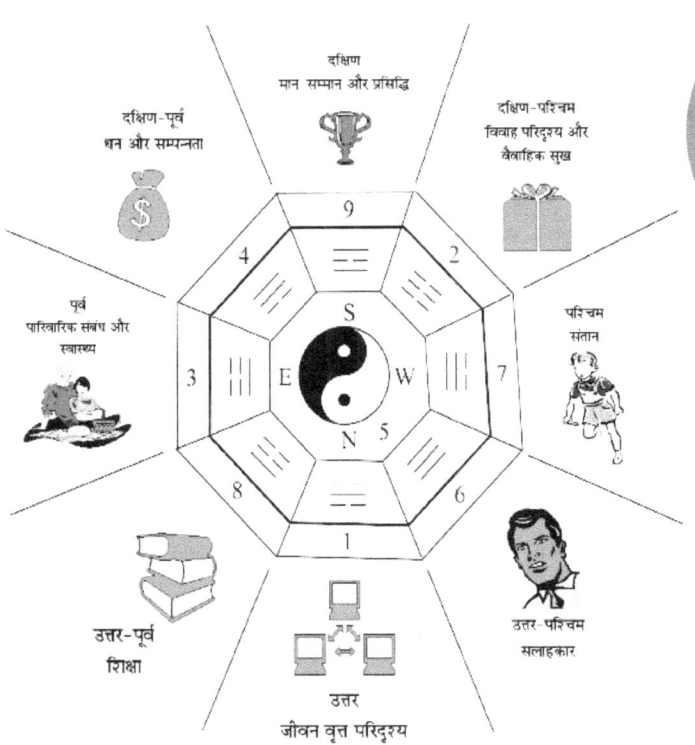

दक्षिण
मान सम्मान और प्रसिद्धि

दक्षिण-पूर्व
धन और सम्पन्नता

दक्षिण-पश्चिम
विवाह परिदृश्य और
वैवाहिक सुख

पूर्व
पारिवारिक संबंध और
स्वास्थ्य

पश्चिम
संतान

उत्तर-पूर्व
शिक्षा

उत्तर
जीवन वृत्त परिदृश्य

उत्तर-पश्चिम
सलाहकार

108 गोल्डन टिप्स
प्यार, आरोग्य, समृद्धि और सफलता के लिए

62 | लो शू-ग्रिड के चमत्कार

यह एक महत्त्वपूर्ण वर्ग है। चीनी लोग लो शू वर्ग को भी पा–कुआ की भाँति ही महत्त्व देते हैं। इसकी उत्पत्ति लक्ष्मी यंत्र से मानी जाती है। यह कछुए के आकार का होता है–भगवान् विष्णु के दूसरे अवतार–कच्छप अवतार की भाँति।

इस वर्ग में एक से नौ तक के अंकों के समूह व्यवस्थित किए गए हैं।

इस वर्ग में अंकों का कुल योग खड़ा जोड़ने पर, आड़ा जोड़ने पर अथवा विकर्ण में जोड़ने पर 15 ही आता है।

इस वर्ग को चमत्कारी वर्ग भी कहते हैं और ऐसा विश्वास है कि यह भवन और व्यक्ति के सौभाग्य में वृद्धि करता है।

4	9	2
3	5	7
8	1	6

आइए इस वर्ग का सूक्ष्म अध्ययन करें और यह समझने की कोशिश करें कि यह इतना महत्त्वपूर्ण क्यों है।

अंक 1	प्रतिनिधिकर्ता	जल–तत्त्व
अंक 2, 5, 8	प्रतिनिधिकर्ता	पृथ्वी–तत्त्व
अंक 3, 4	प्रतिनिधिकर्ता	काष्ठ–तत्त्व
अंक 6, 7	प्रतिनिधिकर्ता	धातु–तत्त्व
अंक 9	प्रतिनिधिकर्ता	अग्नि–तत्त्व

लो शू ग्रिड को किस प्रकार उपयोग में लाएँ–

जन्मतिथि 12 जुलाई 1977 को उदाहरण के रूप में लें। जन्मतिथि के अंकों को निम्नानुसार लो शू वर्ग में रखें।

	9	2
		777
	11	

हम देखते हैं कि –

(क) चार्ट में 3 व 4 अंक (काष्ठ–तत्व के प्रतिनिधिकर्ता) नहीं हैं। अतः जीवन में वृद्धि का अभाव होगा।

इसका उपचार कैसे संभव है: 3 व 4 (काष्ठ–तत्व) अंकों की भरपाई के लिए कार्यालय के पूर्व और दक्षिण–पूर्व भाग में हरे बल्ब लगाएँ, विकास के लिए ऊर्जामय हरे पिरामिडों को शयनकक्ष के पूर्व और दक्षिण–पूर्व में लगाएँ।

(ख) अंक 5 और 8 (पृथ्वी–तत्व के प्रतिनिधिकर्ता) नहीं हैं, अतः जातक की वाणी और कार्यों में ओज का अभाव होता है। अतः जीवन में उसे सफलता प्राप्त होने में दिक्कत होती है।

उपचार:–

सिलिका की माला पहनें। कमरे के बीचों–बीच पीला बल्ब

जलाएँ। अपने शयनकक्ष और कार्यालय के दक्षिण—पश्चिम कोने में हिमालय पर्वत या कोई अन्य बड़े पर्वत (जल—नदी रहित) के पोस्टर लगाएँ मजबूती और स्थायित्व के लिए हरे पत्थर नहीं है। इसका अर्थ है कि जातक को मित्रों और सहायकों का अभाव रहेगा। जीवन में उन्नति के लिए उसे अकेले ही संघर्ष करना पड़ेगा।

उपचारः— हाथ में पीली धातु का कंगन ⁄ कड़ा पहनें अथवा पीली चैन वाली घड़ी बाँधें। महिलाएँ प्रायः सुनहरी चूड़ियाँ ⁄ कंगन ⁄ कड़े पहने रहती हैं, अतः अमूमन इस समस्या से बची रहती हैं। घर ⁄ कार्यालय के उत्तर—पश्चिम भाग में 5 छड़ों वाली पीली ⁄ सुनहरी पवन—घंटी लटकाएँ और उत्तर—पश्चिम में ऊर्जामय पीला ⁄ सुनहरा पिरामिड रखें।

इस चार्ट में 3, 4 व 8 अंकों की पूरी रेखा अदृश्य है, इसका अर्थ है कि यह व्यक्ति जीवन में कोई भी वस्तु माँगने मे शर्म अनुभव करेगा।

इस पृष्ठ पर दी गई सारणी से हम जानेंगे कि किसी की जन्मतिथि में किस तत्व का अभाव है और उसका क्या उपचार है।

अंक	दिशा	तत्त्व	उपचार ⁄ हल
1	उत्तर	जल	आलंकारिक फव्वारा ⁄ मछलीघर रखें।
2	द.—प.	बड़ी पृथ्वी	जलरहित ऊंचे चोटीदार पर्वतों के पोस्टर ⁄ क्रिस्टल की माला ⁄ पेंडल पहनें, मोती की अँगूठी पहनें, पत्थर का बना हरा पिरामिड रखें।

5	मध्य	पृथ्वी	जलरहित ऊंचे चोटीदार पर्वतों के पोस्टर/क्रिस्टल की माला/पेंडल मोती की अँगूठी पहनें, पत्थर का बना बना हरा पिरामिड रखें। कक्ष में पीला बल्ब लगायें।
8	उ.–पू.	छोटी–पृथ्वी	गंगा जल से भरा कलश रखें, क्रिस्टल की माला/पेंडल पहनें।
3	पूर्व	काष्ठ	हरा बल्ब जलाएँ, हरे–भरे पेड़ों की सीनरी/ऊर्जामय हरा पिरामिड रखें।
4	द.–पू.	काष्ठ	हरा बल्ब जलाएँ, हरे–भरे पेड़ों की सीनरी/ऊर्जामय हरा पिरामिड रखें।
6	उ.–प.	धातु	सुनहरी चेन वाली घड़ी बाँधे, 11 इंच की 5 छड़ों वाली सुनहरी/पीली पवन घंटी लटकाएँ, पीला ऊर्जामय पिरामिड रखें।
7	पश्चिम	धातु	चमकीली चैन वाली घड़ी बाँधे, 11 इंच की पाँच छड़ों वाली सुनहरी/श्वेत पवन घंटी लटकाएँ, श्वेत ऊर्जा युक्त पिरामिड रखें।
9	दक्षिण	अग्नि	लाल बल्ब जलाएँ, ऊर्जामय लाल पिरामिड रखें।

63 भाग्यांक (पा-कुआ) और दिशाएँ

प्रत्येक मनुष्य दिशाओं द्वारा शासित और प्रभावित होता है, जो उसके शयनकक्ष में चुम्बकीय क्षेत्र का निर्माण करती हैं।

हिंदू और चीनी विरासत के प्राचीन ग्रंथों के अनुसार चार मुख्य दिशाएँ और चार सह–दिशाएँ इनकी अपनी अलग–अलग ऊजाऐं होती हैं जो व्यक्ति पर भिन्न–भिन्न ऊर्जामय प्रभाव डालती हैं। जन्मतिथि के अनुसार अपना भाग्यशाली अंक जानने के लिए निम्नलिखित विधि का प्रयोग करें।

चंद्र कैलेंडर से जन्म का वर्ष लें। सन् के आखिरी चार अंकों को इकाई का मान आने तक जोड़े। मान लीजिए, किसी व्यक्ति की जन्मतिथि 15 जुलाई 1973 है।

अब उपर्युक्त जन्मतिथि पर आते हैं, सन् 1973 लें, जो चंद्र कैलेंडर में भी यही है। इसके आखिरी चार अंक को जोड़कर इकाई अंक बना लें। इस प्रकार (1+9+7+3=20) 2+0=2। अब पुरूषों के मामले में इस अंक 2 को 11 में से घटाएँ। इस प्रकार 9 शेष रहता है, जो उसका भाग्यशाली अंक होता है।

महिलाओं के मामले में, यदि उपर्युक्त जन्मतिथि किसी स्त्री की है तो ईस्वी सन् के आखिरी चार अंकों को जोड़ ले। जोड़ने पर जो इकाई अंक आये उसमें 4 जोड़ दें अर्थात् (1+9+7+3=20) 2+4=6। इस प्रकार उसका भाग्यशाली अंक 6 होता है।

यदि अंकों को जोड़ने पर योग 10 आए तो इसे 1+0 = 1 कर लें। अब आगे दी गई सारणी से अपनी शुभ एवं अशुभ दिशाएँ ज्ञात करें।

	आपका भाग्यांक	1	2	3	4	5	6	7	8	9
शुभ दिशाएं	सफलता की दिशाएं महिलाओं के लिए	द–पू	उ–पू	द	उ	उ–पू द–पू	पू	उ–पू	द–पू	पू
	स्वास्थ्य की दिशाएं महिलाओं के लिए	पू	प	उ	द	प उ–पू	उ–पू	प	उ–प	द–प
	परिवार की दिशाएं महिलाओं के लिए	द	उ–पू	द–पू	पू	उ–प प	द–प	उ–पू	प	उ
	व्यक्तिगत विकास की दिशाएं महिलाओं के लिए	उ	द–प	पू	द–पू	द–प उ–पू	उ–प	प	उ–पू	द
अशुभ दिशाएं	भाग्यहीन दिशाएं महिलाओं के लिए	प	पू	द–प	उ–प	पू द	द–पू	पू	द	उ–पू
	अपमान की दिशाएं महिलाओं के लिए	उ–पू	द–पू	उ–प	द–प	द–पू उ	पू	द	उ	प
	घातक दिशाएं महिलाओं के लिए	उ–प	द	उ–पू	प	द पू	उ	द–पू	पू	द–प
	अवसाद की दिशाएं महिलाओं के लिए	द–प	उ	प	उ–पू	उ द–पू	द	पू	द–पू	प

यहाँ x का अर्थ जन्म वर्ष के चारों अंकों का योग (1973 = 1+9+7+3=2)

भाग्यशाली अंक 5 के लिए, ऊपरी दिशाएँ पुरूषों के लिए हैं और उसके नीचे दी गई दिशाएँ महिलाओं के लिए।

अब बिस्तर पर सोते समय, इन सौभाग्यवर्धक दिशाओं के अनुरूप ही अपने तकिए को अपनी सफलता अथवा व्यक्तिगत उन्नति की दिशा में, स्वास्थ्य अथवा पारिवारिक दिशा में रखकर सोना चाहिए। इससे शीघ्र ही अपेक्षित लाभ प्राप्त होता है।

जिन व्यक्तियों का भाग्यशाली अंक 3 हो, यदि वे जीवन में सदैव सफलता अथवा व्यक्तिगत विकास चाहते हैं तो अपने तकिए की दिशा दक्षिण अथवा पूर्व में करके सोएँ।

64 | पा-कुआ दर्पण

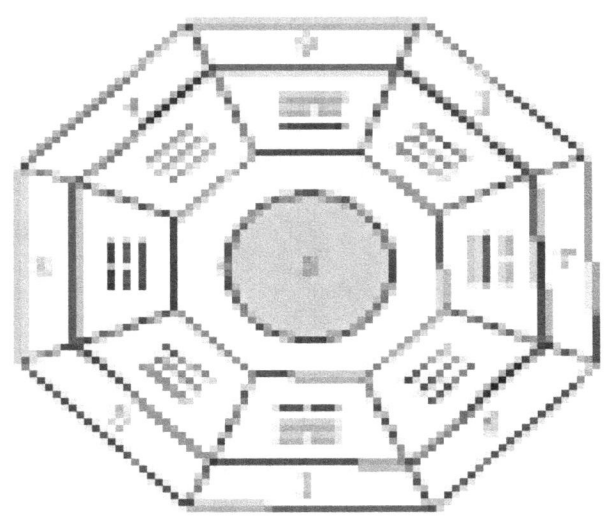

किसी भवन में अधिकांशतः मुख्य द्वार से आने वाली नकारात्मक ऊर्जा को रोकने के लिए पा–कुआ दर्पण का उपयोग किया जाता है। विपरीत अथवा हानिकारक **'ची'** दूरस्थ बिंदु पर स्थित गुप्त तीरों से निकलती है। ये बिंदु–घर के सामने लगे भद्दे पेड़, सामने के भवन की छतों की मुड़ेरें, किसी चर्च का क्रॉस अथवा किसी मंदिर की मीनार हो सकते हैं। इन तीरों की वास्तविक स्थिति ज्ञात करना हमेशा संभव नहीं हो पाता। गुप्त तीर बहुत अधिक दूरी पर स्थित हो सकते हैं और वहाँ से घर में अशुभ **'ची'** प्रविष्ट हो सकती है, यद्यपि आपको घर के बाहर अथवा पीछे गुप्त तीरों का कोई स्रोत न दिखाई दे तो भी। अतः

119

मुख्य द्वार पर पा–कुआ दर्पण लगाना सदैव शुभ और सुरक्षित होता है। यदि आपके घर के पीछे भी द्वार लगा होता है तो उस पर भी पा–कुआ दर्पण लगाएँ। इस प्रकार दोनों ही द्वार सुरक्षित हो जाते हैं।

पा–कुआ दर्पण आठ भुजा के आकार वाले पा–कुआ के बीच में जड़ा होता है। पा–कुआ में उसके सभी भाग सम्बद्ध रंगों और प्रतीकों का प्रतिनिधित्व करते हैं। इसका अष्टभुजी आकार उच्च किस्म के ठोस प्लास्टिक, पत्थर अथवा काष्ठ का बना होता है।

पा–कुआ दर्पण को बाहरी द्वार पर ही लगाया जाता है। इसे घर के भीतर कभी प्रयोग में नहीं लाना चाहिए। मुख्य द्वार/ पिछले द्वार के मध्य बिंदु के ऊपर एक स्थान का चुनाव करें। इसे लगाने का आदर्श स्थान है, छत और द्वार के ऊपर से बराबर दूरी का होना।

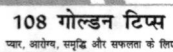

65 | बा-गुआ

बा–गुआ सभी दृष्टिकोण से पा–कुआ दर्पण के समान होता है, इनमें सिर्फ एक भिन्नता होती है कि बा–गुआ के मध्य में दर्पण के स्थान पर **यिन–येंग** प्रतीक बने होते हैं।

द्वार पर लगाया जाने वाला बा–गुआ सुगमता से लटकाने के लिए लाल धागे के साथ मिलता है। बा–गुआ को मुख्य शयनकक्ष के द्वार के फ्रेम पर लटकाया जाता है। यदि आप इसे कार्यालय में प्रयोग में लाते हैं तो इसे अपने केबिन के द्वार के फ्रेम पर लटकाना चाहिए।

ऐसा विश्वास है कि बा–गुआ विपरीत प्रभाव वाली तरंगों को कक्ष में आने से रोकता है, साथ ही अच्छे प्रभाव वाली तरंगों को कक्ष में ही रोककर रखता है।

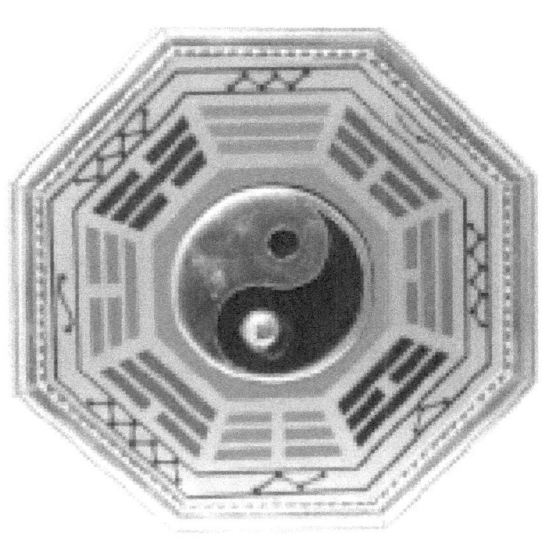

66 मंडेरियन बत्तख

विशेष किस्म की लकड़ी से बनी मंडेरियन बत्तखों को फेंग शुई में बहुत भाग्यवर्द्धक कहा गया है। जोड़े में एक नर और एक मादा बत्तख होती है। इन दोनों को आस—पास रखना चाहिए, आमने—सामने नहीं।

मंडेरियन बत्तख को रखने के लिए आदर्श स्थान है, मुख्य शयनकक्ष में दक्षिण—पश्चिम कोण। महत्त्वपूर्ण यह है कि जब आप बिस्तर पर सोएँ तो ये आपको दिखाई देती रहें। कक्ष में प्रवेश करते समय और यहाँ से निकलते समय ये आसानी से नज़र आनी चाहिएँ। इस प्रकार पति—पत्नी के बीच संबंध मजबूत होते हैं और जीवन में अधिक सामंजस्य स्थापित होता है।

इन्हें अच्छे जीवन साथी की तलाश वाले अविवाहित अथवा अविवाहिता के कक्ष में रखना चाहिए। फेंग शुई विशेषज्ञों का विश्वास है कि जरूरतमंदों के कक्ष में बत्तख रख देने पर विवाह थोड़े से समय में ही होने की प्रबल संभावनाएँ बनती हैं। साथ में रोज क्वार्ट्ज के बने अंगूर रखना इस प्रभाव को बढ़ाता है।

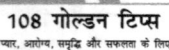

67 सौभाग्यवर्द्धक क्रिस्टल

प्राकृतिक क्वार्टज क्रिस्टल ऊर्जा के जनक हैं। क्रिस्टल में बने विभिन्न कोण पूरे क्षेत्र में ऊर्जा तरंगें प्रसारित करते हैं।

आदर्श रूप में इन्हें भवन अथवा कक्ष में दक्षिण–पश्चिम की ओर लटकाना चाहिए। ये परिवार के सदस्यों के बीच अच्छे संबंध स्थापित करते हैं। ये आपके जीवन में सहयोगी लोगों का सम्पर्क भी बढ़ाते हैं। ये धन–सम्पत्ति के साथ–साथ सौभाग्यवर्द्धक भी हैं। क्रिस्टल के बने पिरामिड शुद्धता और एकाग्रता बढ़ाते हैं तथा नकारात्मक ऊर्जा को सोखते हैं।

वास्तु दोष के निवारण के लिए क्रिस्टल बॉल अत्यधिक उपयोगी होती हैं। उदाहरण के तौर पर, रसोईघर और स्नानगृह एक क्रम में अथवा एक–दूसरे के सामने हों, मुख्य द्वार रसोईघर के सम्मुख हो अथवा एक द्वार दूसरे के सामने हो आदि–आदि, तो ऐसी स्थिति में वास्तु दोष के निवारण के लिए क्रिस्टल बॉल उपयोग में लाना इस दोष को काफी हद तक कम करता है।

123

68 अधिक जल से असंतुलन

अनुपयुक्त फेंग शुई प्रायः अनेक समस्याओं को जन्म देती है। अपने घर में थोड़ा–सा हेर–फेर करके हम उन समस्याओं से बच सकते हैं। विवाहित लोगों को इस ओर विशेष तौर पर ध्यान देना चाहिए क्योंकि उनकी छोटी–सी लापरवाही से भी उनका वैवाहिक जीवन बर्बाद हो सकता है।

अनुपयुक्त फेंग शुई से परिजन में अक्सर अविश्वास की भावना जन्म ले लेती है। विश्वास किसी भी सुखी परिवार की नींव होता है। इसके डगमगाने पर सारे सुख–दुःखों में बदल जाते हैं। समस्याओं को हल करना कठिन होता है, अतः हमें यह कोशिश करनी चाहिए कि समस्याएँ पैदा ही न हों।

गलत प्रकार से सोने और जल के गलत रख–रखाव से, अच्छी फेंग शुई का स्थान, गलत फेंग शुई ले लेती है। विशेषकर जल के मामले में लोगों को अधिक सावधानी बरतनी चाहिए। घर में स्विमिंग पूल (अगर सामान्य माप का घर है तो) नहीं बनवाना चाहिए। जल–तत्त्व की प्रचुरता प्रायः घर में फेंग शुई को असंतुलित कर देती है, फलतः पति–पत्नी दोनों ही प्रेम के मामले में पथ–भ्रष्ट हो सकते हैं। यह प्रायः तब होता है, जब हम घर के अंदर हों और जल–संग्रह भीतरी द्वार के बाईं ओर हो–यह गलत स्थिति होगी। जल–संग्रह बाहर से देखने पर द्वार के दाहिनी ओर होना उचित और अनुकूल होता है।

69 विष-तीरों से बचें

शयनकक्ष में बाहर निकली हुईं अलमारियाँ, संदूकें आदि **'शार ची'** (घातक ऊर्जा) निकालती हैं, जिसके कारण संबंधों में तनाव और शिथिलता आ जाती है। ऐसा तब और घातक हो जाता है, जब अलमारियाँ आदि पलंग की ओर अभिमुख और फर्श से छत जितनी ऊची हों।

पुस्तकों की खुली अलमारियाँ तो साक्षात् चाकू के समान कही गई हैं, जो यहाँ रहने वालों में दर्द, असहमति और गम्भीर झगड़े तक करवाती हैं। यहाँ तक कि इनके कारण पति–पत्नी के रिश्ते में कटुता और दरार भी पड़ते देखी गई है।

– आपके शयनकक्ष में खुली अलमारियाँ हों, तो उन्हें वहाँ से हटा दें अथवा उनमें दरवाज़े लगवा दें। दरवाज़े हमेशा बंद रखें। इन्हें बंद करने के लिए दर्पणों का प्रयोग कदापि न करें। दर्पण पलंग को परावर्तित करके नई समस्याएँ उत्पन्न कर देते हैं। शीशे के दरवाज़े भी प्रकाश में वस्तुओं को परावर्तित करते हैं, अतः इनसे भी बचें लकड़ी के दरवाज़े सबसे अच्छे होते हैं।
– यदि अलमारियों में दरवाज़े लगवाना संभव न हो, तो इनमें परदे लगा दें।
– शयनकक्ष के दरवाज़ों पर ज्यादा डिजाइन आदि न हों। क्रॉस, वर्ग, आयत आदि डिजाइन भी अशुभ ऊर्जा उत्पन्न करते हैं। दरवाज़े सपाट, बिना डिजाइन के अच्छे होते हैं।

70 | जल-संग्रह में सावधानी रखें

जहाँ जल की सही स्थिति और संतुलन से घर में धन का सतत् प्रवाह सुनिश्चित होता है, वहीं जल की गलत स्थिति और असंतुलन से संबंधों में दरार, अविश्वसनीयता, झगड़े, कटुता आदि अनेक समस्याएँ आ खड़ी होती हैं। ऐसे में यदि हमारे ग्रह–नक्षत्र भी प्रतिकूल हों तो समस्याएँ और गम्भीर हो जाती हैं।

– स्विमिंग पूल प्रतिष्ठा के प्रतीक होते हैं। इन्हें घर में लगाते समय अत्यंत सावधानी बरतनी चाहिए, क्योंकि जल की अधिक ऊर्जा भी घर की अन्य ऊर्जाओं को असंतुलित कर परेशानियाँ पैदा कर सकती हैं।

– फेंग शुई और जल के प्रतीक 'केन' त्रिग्राम दोनों ही में किसी भी तत्त्व की अधिकता को वर्जित कहा गया है। अतः तरणताल हमेशा सही स्थान पर बनाने चाहिए। इसके साथ–साथ सजावटी मछलीघर व अन्य जलीय संग्रह भी ठीक स्थान पर होने चाहिए।

घर में जल का संग्रह कहाँ करें?

– यह सुनिश्चित करें कि भूमिगत जल–संग्रह घर के दक्षिण–पश्चिम कोण अथवा इसके आस–पास न हो। यद्यपि

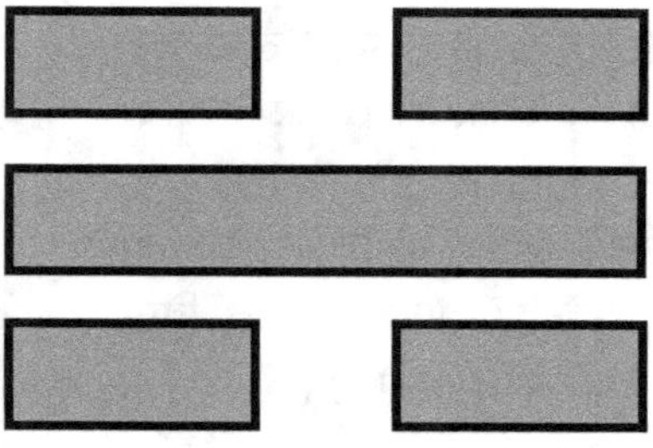

आपके ग्रह–नक्षत्र ठीक होने पर यह स्थान धन–प्रदायक हो सकता है, लेकिन दक्षिण–पश्चिम में जल–संग्रह पारिवारिक संबंधों के लिए ठीक नहीं होता, क्योंकि इस कोण में स्थित पृथ्वी तत्त्व से यह सामंजस्य स्थापित नहीं कर पाता।

– शयनकक्ष में जल अथवा जल–प्रतीक न रखें। ये दाम्पत्य संबंधों में समस्याएँ पैदा करते हैं। अतः नदियों, झरनों, झीलों आदि की पेंटिंगें शयनकक्ष को छोड़कर घर के अन्य कक्षों में उत्तर, उत्तर पूर्व में लगानी चाहिए।

– जलीय संग्रह के लिए सबसे अच्छी दिशा उत्तर–पूर्व है। फेंग शुई परामर्शदाता से अच्छी तरह परामर्श करके ही जलीय संग्रह अथवा स्वीमिंग पूल बनाने की दिशा तय करें।

127

71 अशुभ ऊर्जा को रोकें

बीम और खम्बों पर टिकी हुई छतें घर में रहने वालों के लिए अनेक समस्याएँ खड़ी कर देती हैं। इनके कारण आधे सिर में दर्द, तनाव, पारिवारिक संबंधों में दरार आदि स्थितियाँ उत्पन्न हो सकती हैं।

— बीम के ठीक नीचे आप पलंग बिछाकर सोते हैं तो ऐसी स्थिति में सोने वाले दम्पति शारीरिक रूप से एक–दूसरे से दूर होते चले जाते हैं।

— बीम के नीचे सोने वाले प्रायः ऐसे भवन में रहते हों, जो बहुमंजिला हो और प्रत्येक कक्ष की छतें बीम पर टिकी हों, तो ऐसी स्थिति में कहीं अधिक अशुभ ऊर्जा उत्पन्न होती है, जो वहाँ रहने वालों पर प्रतिकूल प्रभाव डालती हैं। कई लोग अपने घरों में सजावटी बीम लगवाते हैं। ये बीम अपेक्षाकृत कम हानिकारक होती हैं।

— बीम की अशुभ ऊर्जा के हानिकारक प्रभाव को रोकने के लिए कक्ष में पवन–घंटी लगाएँ।

— बाँसुरी अथवा बाँस की एक छोटी छड़ टाँगकर भी अशुभ ऊर्जा के दुष्प्रभाव को कम किया जा सकता है।

बीम के दोनों तरफ ऊर्जायुक्त बीमर पिरामिड लगाएँ। बीम की अशुभ ऊर्जा को समाप्त करने की सबसे अच्छी विधि यह होगी कि छत पर प्लाइवुड लगवाकर बीम को ढक दिया जाए। यह संभव न हो तो ऊपर दी गई विधियों में से कोई भी विधि उपयोग में लाई जा सकती है।

72 इच्छा-पूर्ति के लिए अचूक प्रयोग

"जब आप एक बिंदु पर अपने ध्यान को केंद्रित करते हैं, तो इस ब्रह्मांड में कुछ भी असंभव नहीं है"

— भगवान बुद्ध

प्रत्येक व्यक्ति की कुछ आशाएं और इच्छाएं होती हैं और वह उन्हें पूरा करने के सभी प्रकार के प्रयास करता है। यदि कोई त्रिकोणीय पेपर लेता है और उस पर लाल कलम के साथ अपनी इच्छा लिखता है और उसे अपने राशि चक्र के अनुसार पिरामिड यंत्र में रखता है और फिर अपने इष्टदेव पर ध्यान करता है, तो उसकी इच्छा कुछ समय में पूरी हो जाती है। इसके लिए, पिरामिड या पिरामिड यंत्र को पूर्व या उत्तर दिशा में रखा जाना चाहिए और जिस कागज पर इच्छा लिखी गयी है, उसे पिरामिड यंत्र के नीचे रखा जाना चाहिए। यह अच्छा होगा अगर कागज के रंग को इच्छा के अनुसार निर्धारित किया जाये।

पीला रंग दैवीय सुख और शुभकामनाओं के लिए प्रोत्साहित करने के लिए है; नारंगी रंग बौद्धिक विकास और दिमाग की प्रगति के लिए है; नीले रंग का उपयोग बीमारियों का इलाज करने के लिए है। हरे रंग को प्यार और स्वास्थ्य के लिए प्रयोग किया जाता है। सर्वोत्तम परिणाम के लिये हर सुबह और शाम, पिरामिड के सामने बैठें, उसे अपने हाथों पर रखो और दो बार कागज पर जो लिखा है उसे दोहराएं। इस प्रक्रिया को नौ दिनों तक करें। इसके बाद पेपर लें और इसे घी के साथ मिट्टी के दीपक की लौं से जलाएं। अब, जले कागज की राख लें और उन्हें खुले बगीचे या जमीन में फैलाएं। जब तक आपकी इच्छा पूरी नहीं हो जाती तब तक यह प्रयोग दोहरा सकते है। लेकिन याद रखें कि आपकी इच्छा अच्छे के लिए ही होनी चाहिए, सृष्टि के नियमों के विपरीत नहीं।

108 गोल्डन टिप्स
प्यार, आरोग्य, समृद्धि और सफलता के लिए

73 | येंग ऊर्जा का प्रतीक सूर्य

सूर्य 'येंग' ऊर्जा का अक्षय स्रोत है। यह व्यक्ति के सामाजिक जीवन में मित्रता और संबंधों के नए अवसर खोलता है। यदि आप अपने वैवाहिक जीवन को गतिशील और मैत्री–भाव से भरा–पूरा बनाना चाहते हैं तो सूर्य को माध्यम बनाएं।

— घर में खिड़की इस प्रकार बनवाएँ कि सूर्योदय की पहली किरणें आपके आवासीय कक्ष के सीधे दक्षिण–पश्चिम कोण में पड़े।

— आवासीय अथवा भोजन–कक्ष के दक्षिण–पश्चिम कोने में लाल व पीले लैम्प लगवाएँ।

— इन्हीं कक्षों के दक्षिण कोने में सूर्योदय का एक बड़ा पोस्टर लगाएँ और अपने घर को 'येंग' ऊर्जा से भरपूर अनुभव करें।

— क्वार्टज क्रिस्टल, क्रिस्टल बॉल्स व क्रिस्टल के टुकड़ों को आवासीय कक्ष के दक्षिण–पश्चिम कोण में रखें। इन क्रिस्टलों को सप्ताह में एक बार दोपहर की धूप में 3–4 घंटे के लिए रखकर सूर्य की ऊर्जा से भरा–पूरा बनाते रहें।

क्रिस्टल हमारी अशुभ ऊर्जा को सोखकर हमें तरोताजा कर देते हैं, लेकिन स्वयं उसे धारण किए रहते हैं। धूप में रखने से उनकी अशुभ ऊर्जा नष्ट हो जाती है और वे पुनः शुभ ऊर्जा से आवेशित हो जाते हैं।

क्रिस्टल को उत्तर–पूर्व और घर के मध्य भाग में रखना भी शुभ फलदायक होता है।

74 दरवाज़े भी प्रभावित करते हैं

बच्चों के अबोध मन पर फेंग शुई गहरा प्रभाव डालती है, घर की छोटी–छोटी बातें भी अच्छी/बुरी फेंग शुई उत्पन्न करती हैं, तदनुसार ही बच्चों का मानसिक व शारीरिक विकास होता है। घर के दरवाज़ों पर थोड़ा–सा ध्यान देकर हम बच्चों का सर्वांगीण विकास कर सकते हैं।

– एक ही गलियारे में दो से अधिक दरवाज़े नहीं होने चाहिएँ। ज्यादा दरवाज़े एक ही गलियारे में होने से परिजन में वाद–विवाद, व्यर्थ की बहस, तनाव आदि जन्म लेते हैं। बड़े परिवारों में जहाँ ज्यादा कक्षों की आवश्यकता होती है, घर को इस प्रकार से डिजाइन करवाना चाहिए कि दो से अधिक कक्षों के द्वार एक ही गलियारे में न पड़े।

– सभी शयनकक्षों के दरवाज़ों का आकार एक समान होना चाहिए। विभिन्न नापों के दरवाज़े होना अच्छा नहीं होता। यदि दरवाज़े बड़े होते हैं, तो बच्चे क्रूर और जिद्दी हो जाते हैं, जबकि दरवाज़े छोटे होने पर बच्चे दब्बू बन जाते हैं। दरवाज़े छोटे–बड़े होने पर अशुभ फेंग शुई उत्पन्न होती है, जिससे घर में असंतुलन पैदा हो जाता है।

– शयनकक्ष के दरवाज़े अंदर की ओर खुलने चाहिएँ, बाहर की ओर कभी नहीं। बाहर की ओर खुलने वाले दरवाज़े बच्चों को झगड़ालू बना देते हैं।

– बच्चों में हमेशा एकता बनी रहे, इसके लिए आवश्यक है कि दरवाज़े ऐसे हों कि बिना आवाज़ के, अच्छी तरह चिपककर बंद हो जाएँ।

75 | शयनकक्ष की सही दिशाएँ

परिवार के सदस्यों में एकता, प्रेम और समरसता बनी रहे, इसके लिए आवश्यक है कि सभी सदस्यों के शयनकक्ष 'येंग' पा—कुआ के अनुसार उचित दिशा में हों।

– परिवार में यदि एक पुत्र और एक पुत्री हो तो पुत्र के लिए पूर्वी दिशा में और पुत्री के लिए पश्चिम दिशा में शयनकक्ष होना चाहिए। इस प्रकार भाई—बहन के साथ—साथ पूरे परिवार का भाग्य शुभ ऊर्जा से परिपूर्ण रहता है।

– दो पुत्रियाँ होने पर बड़ी का शयनकक्ष दक्षिण—पूर्व में और छोटी का पश्चिम में होना चाहिए।

– यदि आपका परिवार बड़ा है और आपके बच्चे एक ही शयनकक्ष में सोते हैं तो लड़कों को हमेशा कक्ष की पूर्वी दिशा में और लड़कियों को पश्चिम दिशा में सुलाना चाहिए।

– इस प्रकार परिवार में प्रेम, एकता और सामंजस्य की भावनाएँ हमेशा मजबूत बनी रहती हैं।

शुभ—दिशाएँ	परिवार के सदस्य
दक्षिण—पश्चिम	माता
पश्चिम	तीसरी पुत्री
उत्तर—पश्चिम	पिता
उत्तर	दूसरा पुत्र
उत्तर—पूर्व	तीसरा पुत्र
पूर्व	पहला पुत्र
दक्षिण—पूर्व	पहली पुत्री
दक्षिण	दूसरी पुत्री

76 बच्चों को निष्ठावान बनाएँ

जिस घर में अच्छी फेंग शुई होगी, वहाँ की संतानें भी अपने माता–पिता के प्रति निष्ठावान होंगी। वास्तव में अच्छी संतानें ही किसी भी परिवार के अच्छे भाग्य की नींव होती हैं। जहाँ संतानों में निष्ठा का लोप होता है, वहाँ सौभाग्य भी दुर्भाग्य में बदल जाता है।

— संतानों में निष्ठा की भावनाएँ जगाने के लिए सबसे पहली आवश्यकता है कि पीढ़ी के बीच की दूरियों को कम किया जाए। संतानों से हर विषय में घुल–मिलकर चर्चा की जाए।

फेंग शुई के द्वारा भी संतानों में निष्ठा और प्रेम की भावनाएँ भरी जा सकती हैं। कई बार घर की गलत बनावट के कारण भी अच्छी फेंग शुई का अभाव हो जाता है और संतानें गलत मार्ग का चुनाव कर लेती हैं।

घर के कोनों में कटाव, गलत ऊँचाई–निचाई अनियमित निर्माण आदि कारणों से माता–पिता और बच्चों में गंभीर मतभेद उभर आते हैं।

— यदि मकान का पिछला हिस्सा अगले से नीचा है तो पिछले हिस्से में तेज प्रकाश वाला बल्ब लगा दें।

— यदि मकान का बायाँ भाग दाहिने से नीचा है तो बायीं ओर एक ऊँचे खम्बे पर तेज़ प्रकाष वाला बल्ब लगा दें। इस प्रकार तेज़ प्रकाश मकान के असंतुलन को ठीक कर देता है।

— आवासीय कक्ष में पूर्वी दीवार के पास ड्रेगन की एक छोटी प्रतिमा रख देने से भी घर के लड़के निष्ठावान बनते हैं।

77 | अधिक दरवाज़े अधिक झगड़े

घर में जितने अधिक दरवाज़े होते हैं, परिवार में झगड़े भी उतने ही अधिक होते हैं। अतः अपने घर में कम–से–कम दरवाज़े बनवाएँ। दरवाज़े यदि ज्यादा हैं तो उन्हें प्रयोग के बाद बंद कर दें। घर के मुख्य–द्वार पर अधिक ध्यान देना होगा।

— मुख्य द्वार एक से अधिक न रखें, अन्यथा घर में अच्छी फेंग शुई का सर्वथा अभाव हो जाता है।

हमने ऐसे कई घरों का अध्ययन किया है, जहाँ अधिक मुख्य द्वारों के कारण झगड़े भी अधिक देखे गए। इसके विपरीत जहाँ दरवाज़े कम–यहाँ तक कि एक था, वहाँ झगड़े प्रायः बिल्कुल नहीं थे।

घर में अधिक दरवाज़े होने का अर्थ है 'अधिक खुले मुँह' और जहाँ अधिक खुले मुँह होते हैं, वहाँ बहस विवाद और झगड़े की संभावना हमेशा बनी रहती है। क्योंकि वहाँ सब बोलने वाले होते हैं, सुनने वाला कोई नहीं होता।

अधिक दरवाज़ों के कारण 'ची' ऊर्जा का प्रवाह असंतुलित हो जाता है, जिसके कारण परिवार में असामंजस्य और विरोधाभास की भावनाएँ जन्म ले लेती हैं। ऐसे में फेंग शुई विक्षुब्ध हो जाती है और प्रायः 'येंग' ऊर्जा में अत्यधिक वृद्धि हो जाती है। यहाँ रहने वाले बेहद अस्थिर और डाँवाडोल होते हैं।

— अच्छी फेंग शुई के लिए मुख्य द्वार एक ही रखें। घर का अगला भाग नीचा रखें और यहाँ कुछ स्थान खुला रखें। घर का पिछला भाग अगले से ऊँचा रखना चाहिए।

– अपने घर के मुख्य प्रवेश द्वार की सौभाग्यशाली दिशा, पा–कुआ और अपने कुआ नम्बर (भाग्यांक) से तय करनी चाहिए। जिन कक्षों में कोई न हो, उनके दरवाज़े हमेशा बंद रखने चाहिए।

– एक ही गलियारे में दो से अधिक दरवाज़े खुलते हों तो ये परिजनों में झगड़े का कारण बन सकते हैं। इनके सुधार के लिए तीसरे दरवाज़े पर एक पवन–घंटी लगा देनी चाहिए।

135

78 | प्रेम से भरा-पूरा घर

एक अच्छा घर सभी का सपना होता है। घर खरीदने से पूर्व यदि उसे फेंग शुई की कसौटी पर कस लिया जाए तो वह अनेक गुणों से सम्पन्न होकर परिवार को खुशियों से परिपूर्ण कर देता है।

हम यह भी जानते हैं कि अच्छे फेंग शुई सलाहकार कठिनाई से मिलते हैं। कई बार लोग फेंग शुई सलाहकार की सलाह के बिना ही मकान खरीदना चाहते हैं। ऐसे में उनके लिए एक सलाह है:–

– जो व्यक्ति घर या फ्लैट खरीदना चाहते हैं, वहाँ एक नवजात कन्या शिशु को ले जाएँ। यदि कन्या रोती है तो इसका अर्थ है कि वह घर उसके लिए अच्छी फेंग शुई के अनुकूल नहीं है। यदि वह कन्या मुस्कराती है तो इसका अर्थ होता है कि वह घर अच्छी फेंग शुई ऊर्जा से भरपूर है। यह मकान बेझिझक खरीद लें। यहाँ परिवार में निश्चित ही हमेशा सुख, शांति, प्रेम और सामंजस्य बना रहने की प्रबल संभावनाएँ होती हैं।

79 | दाम्पत्य बंधन को मजबूत करें

पति–पत्नी का दाम्पत्य बंधन जीवन भर का बंधन होता है। छोटी–छोटी बातों का ध्यान रखकर हम इस बंधन को सदैव ऊर्जा से भरपूर और शाश्वत बनाए रख सकते हैं। नीचे लिखी कुछ उपयोगी बातों पर अमल करें और अपने जीवन में प्रेम का प्रवाह सतत् बनाएँ रखें–

– घर में हमेशा शिकायत का रोना लेकर न बैठे रहें, इससे घर में हानिकारक 'शार ची' (तीव्र अशुभ ऊर्जा) उत्पन्न होती है।

– मुख्य द्वार की ओर पीठ करके न बैठें। ऐसे स्थान पर अनचाहे मेहमान को बिठाएँ।

– डबल बैड पर दो गद्दे बिछाकर न सोएँ। ये मिलकर एक प्रतिकात्मक अलगाव की रचना करते हैं, जो सच्चाई में भी बदल सकता है।

137

– यदि आपकी पत्नी गर्भाशय समस्याओं, पैर व कमर दर्द आदि से पीड़ित है। यह तब होता है, जब खाना पकाते समय रसोईघर का द्वार उसकी कमर की ओर हो। इस स्थिति से बचने के लिए उसके सामने की ओर एक उत्तल दर्पण लगवा दें।

– घर में पैसों की बचत के लिए तीन टॉग के मेंढक की प्रतिमा को मुख्य द्वार की ओर पीठ करके रख दें।

– वैवाहिक भाग्य की वृद्धि के लिए शयनकक्ष के दक्षिण–पश्चिम कोने में मंडेरियन बत्तख के एक जोड़े के साथ गुलाबी शुद्ध रोज क्वार्ट्ज के अंगूर रख दें।

– सदा स्वस्थ बने रहना चाहते हैं तो रसोईघर में दवाइयाँ कभी न रखें।

– आपके घर के मुख्य द्वार अथवा खिड़की के सामने कोई पेड़ हो तो इसके कारण परिवार के सदस्यों का स्वास्थ्य गड़बड़ रहने लगता हैं बाहरी दीवार पर, पेड़ की ओर अभिमुख करके एक उत्तल दर्पण लगा दें।

– घर में सम्पन्नता और खुशहाली के लिए मुख्य प्रवेश द्वार के सामने हँसते हुए बुद्ध की प्रतिमा लगाना शुभ होता है।

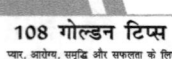

80 'शार ची' से बचाव आवश्यक

यदि आपके घर अथवा शयनकक्ष के, संबंध और रोमांस वाले कोने सामंजस्यपूर्ण और ठीक से ऊर्जा सम्पन्न होंगे तो जीवन में आप सुख, शांति, प्रेम और रोमांस से भरे–पूरे होंगे।

यदि आप ऐसे घर में रहते हैं, जहाँ चीजें बुरी तरह से अव्यवस्थित हैं तो आपके वैवाहिक जीवन और अनुकूल संबंधों में निश्चित ही बाधा पड़ती है, क्योंकि यहाँ **'शार ची'** प्रतिकूल प्रभाव डालती हैं, जो आपके रोमांस के अवसरों को बर्बाद कर डालती है। विवाहितों में यह झगड़े करवाती है और प्रेमी–प्रेमिकाओं में किसी 'तीसरे' के प्रवेश से उनका प्रेम–रोमांस कड़वाहट में बदल जाता है। अपने घर के विभिन्न कोनों को फेंग शुई से ऊर्जावान करके आप विवाह और रोमांस को क्रियाशील बना सकते हैं।

— पा–कुआ के अनुसार अपने घर की दिशाएँ नियत करें और प्रेम–रोमांस की दिशा को ऊर्जामय बनाएँ।

— अपना कुआ नम्बर / भाग्यांक और भाग्यशाली दिशाएँ ज्ञात करके इन्हें क्रियाशील बनाएँ और अपने जीवन में रंग भरें।

— बुरी फेंग शुई पति–पत्नी / प्रेमी–प्रेमिकाओं को रास्ते से भटका देती है और उनके बीच में बोलचाल तक बंद हो जाती है।

— अकेले युवक / युवती के मामले में, बुरी फेंग शुई के कारण उन्हें उपयुक्त जीवन साथी नहीं मिल पाता, मिलता भी है तो अकारण ही उनकी दोस्ती टूट जाती है।

इन मामलों में फेंग शुई–जीवन में प्यार चाहने वालों की बड़ी सहायक सिद्ध हो सकती है।

108 गोल्डन टिप्स
प्यार, आरोग्य, समृद्धि और सफलता के लिए

81 | शीघ्र विवाह के लिए चंद्र-दर्शन

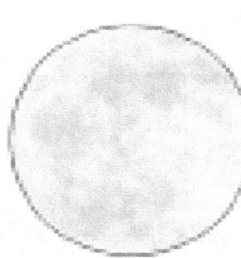

हिन्दू–धर्म और ज्योतिष में चंद्रमा को नौ ग्रहों में से एक माना गया है। अनेक अवसरों पर चंद्रमा की पूजा–अर्चना करने का विधान है। विवाहित स्त्रियाँ करवा चौथ की रात्रि को चंद्रमा को जल अर्पित कर अपना उपवास तोड़ती हैं। इसके अतिरिक्त भी अनेक अवसरों पर चंद्रमा की पूजा–अर्चना की जाती है।

फेंग शुई के अंतर्गत भी चंद्रमा और इसके शीतल प्रकाश को शुभ माना गया है। चीनी सभ्यता में विश्वास है कि विवाह का देवता चंद्रमा पर वास करता है। अतः अविवाहित युवतियाँ सुंदर पति की चाह में चंद्रमा की पूजा–अर्चना करती हैं।

– फेंग शुई में कहा गया है कि चंद्रमा की **'यिन ची'** ऊर्जा युवतियों को अच्छा और मनचाहा पति प्रदान करती हैं।

टिप नम्बर दो में आपने संतरों का प्रयोग पढ़ा है। वह प्रयोग आपके घर में चंद्रमा की **'यिन ची'** ऊर्जा में वृद्धि करता है और उससे आकर्षित होकर कोई योग्य नवयुवक अपनी मनोकामना पूर्ण करता है। **'यिन ची'** ऊर्जा को अपनी ओर आकर्षित करने के लिए अविवाहित युवतियाँ संतरों के साथ–साथ पूर्णमासी के चंद्रमा का एक बड़ा पोस्टर अपने शयनकक्ष के दक्षिण–पश्चिमी भाग में लगाएँ।

चीनी सभ्यता में चंद्रमा की पूजा–अर्चना प्राचीन परम्पराओं से आज तक चली आ रही है। अधिकतर नवयुवतियाँ अच्छा पति पाने की चाह में आज भी पूर्णिमा के चंद्रमा की पूजा–अर्चना करती हैं।

– चंद्रमा विवाह के भाग्य खोलता है।

82 डबल हैप्पीनैस सिम्बल

जिस प्रकार हिन्दू धर्म में ऊँ, मुस्लिम धर्म में 786, ईसाइयों के लिए क्रॉस शुभत्व के प्रतीक हैं, उसी प्रकार चीनी लोगों के लिए डबल हैप्पीनैस सिम्बल (दोहरी खुशी का प्रतीक) खुशी का एक लोकप्रिय और पवित्र प्रतीक है। इस प्रतीक को वहाँ बच्चों के जन्म, विवाह, जन्मदिन आदि अवसरों पर प्रयोग में लाया जाता है।

- डबल हैप्पीनैस सिम्बल विवाह और विवाह के बाद का भाग्य जगाता है।
- यह प्रतीक जीवन को खुशियों और आनंद से भर देता है।
- वैवाहिक भाग्य में वृद्धि के लिए शयनकक्ष के दक्षिण–पश्चिम कोण में डबल हैप्पीनैस सिम्बल रखें।
- अपने घर को शुभ ऊर्जा से भरपूर बनाने के लिए लैन्ट्रेन पर डबल हैप्पीनैस सिम्बल बनाकर टाँगें।
- डबल हैप्पीनैस सिम्बल से युक्त ज्वैलरी पहनने से जीवन खुशियों से भर जाता है।

83 | जीवंत प्रेम की ज्वाला

जीवन में प्रकाश का बहुत महत्त्व है। हर रात के बाद सुबह— हमारे जीवन में प्रकाश की नई किरण लेकर आती है। सूर्य की किरणें धरती को अपने इन्द्रधनुषी रंग से हरा—भरा करती हैं। इसी प्रकार कृत्रिम प्रकाश की किरणें भी हमारे जीवन को किसी हद तक प्रभावित करती हैं।

— यदि आप वैवाहिक जीवन को प्रेम और रोमांस से ओत—प्रोत बनाए रखना चाहते हैं तो अपने घर के बगीचे के दक्षिण—पश्चिम कोण में एक खम्बे पर तेज प्रकाशित बल्ब लगाएँ इस पर पीले रंग का गोल लैम्प शैड भी लगवाएँ। इस प्रकार यह पृथ्वी की शुभ ऊर्जा को और अधिक सक्रिय बना देता है, जिससे पति—पत्नी के बीच प्रेम की ज्वाला जीवंत बनी रहती है। इतना ही नहीं, घर के युवा लड़के—लड़कियों की अपने जीवन और जीवन—साथी के बारे में गम्भीर और स्पष्ट धारणाएँ जन्म लेती हैं।

वस्तुतः दक्षिण—पश्चिम में लाइट घर में लगी हो अथवा बाहर—परिवार और वैवाहिक भाग्य से जुड़ी होती है और निश्चित ही यह सकारात्मक प्रभाव डालती हैं।

84 अनंत प्रेम के लिए अंतहीन गाँठ

अनंत प्रेम के लिए चीनी लोग अंतहीन गाँठ के प्रतीक को घर के दक्षिण–पश्चिम कोण में सजाकर रखते हैं। ऐसा विश्वास है कि अंतहीन गाँठ पति–पत्नी के प्रेम को लम्बा, बीमारी रहित, सुखद और सामंजस्यपूर्ण बनाए रखती है।

यह भाग्यशाली गाँठ एक चिन्ह के रूप में बहुत लोकप्रिय है। यह चिन्ह ताबीज़ और सिक्कों के साथ भी दिया जाता है। कपड़ों, फर्नीचर, कार्पेट, चीनी बर्तनों आदि पर भी अंकित किया जाता है।

अंतहीन गाँठ दीर्घायु और अनंत साहचर्य की प्रतीक है। यह अच्छे स्वास्थ्य की भी प्रतीक है। लेकिन अधिकांशतः इसे अमिट प्रेम के प्रतीक के रूप में प्रयुक्त किया जाता है– खासकर पति–पत्नी के प्रेम के रूप में, क्योंकि विवाह के बाद पति–पत्नी नैतिक दायरे में बँधकर एक–दूसरे के लिए हो जाते हैं। एक–दूसरे के लिए उनके मन में अनंत और अमिट प्रेम होता है, अतः अंतहीन गाँठ उनके लिए एक आदर्श चिन्ह होती है। यही कारण है कि इस चिन्ह को परदों, चादरों, परिधानों, फर्नीचर, दरवाज़ों, खिड़कियों आदि पर प्रचुरता से अंकित किया जाता है। इस अंतहीन गाँठ का एक आध्यात्मिक अर्थ भी है – इसका 'कोई ओर है न कोई छोर'। जैसे–संसार में जीवन और मृत्यु का चक्र लगातार चलता रहता है, इसी प्रकार यह गाँठ न कहीं से शुरू होती है न इसका कोई अंत है। इसका महत्त्व इस बात से और बढ़ जाता है कि यह चिन्ह भारतीय संस्कृति में भगवान् श्री विष्णु के वक्ष–स्थल पर भी विद्यमान है।

143

85 विवाह के लिए पियोनिया के फूल

पियोनिया के खूबसूरत फूल प्रेम और रोमांस के शुभ प्रतीक माने जाते हैं। पियोनिया के फूल गुलाबी, लाल, सफेद और पीले रंग में लगते हैं, लेकिन युवा–प्रेम के लिए गुलाबी–लाल रंगत वाले पियोनिया के फूल अत्यंत महत्त्वपूर्ण होते हैं।

– आपके घर में यदि युवा बेटी हो तो अपने आवासीय कक्ष में गुलाबी–लाल रंगत वाले पियोनिया के फूलों की सजावट करें। इस प्रकार युवा बेटी के विवाह के लिए शीघ्र ही अच्छे प्रस्ताव आने लगते हैं।

– यद्यपि पियोनिया के फूल हमेशा अच्छे परिणाम ही देते हैं। तथापि शयनकक्ष में पियोनिया की सजावट व्यक्ति को अवैध शारीरिक संबंधों के लिए प्रेरित करती है। पियोनिया के चित्र, पेंटिंग आदि भी शयनकक्ष में लगाने से बचना चाहिए।

– इन्हें पेंटिंग, सीनरी अथवा फूलदान में भी केवल तभी लगाना चाहिए, जब घर में विवाह के लिए युवा पुत्र अथवा पुत्री हों।

– विवाह हो जाने के बाद पियोनिया के फूलों का प्रयोग बंद कर देना चाहिए।

86 घर से अशुभ 'ची' को निकालें

सुख–शांति के लिए अपने घर की अशुभ **'ची'** ऊर्जा को समय–समय पर साफ करते रहें।

– इसके लिए शाम के समय घर के प्रत्येक कक्ष में थोड़ा नमक बुरक दें। इसके बाद 6 से 8 इंच लम्बा एक चाकू लें। इसे सिर के ऊपर सीधे हाथ में उठाएँ। फिर प्रत्येक कक्ष में बाएँ से दाएँ और दाएँ से बाएँ 3–3 बार इस प्रकार लहराएँ मानो आप कोई अदृश्य चीज़ काट रहे हों। प्रत्येक कक्ष में यह क्रिया दोहराएँ सुबह नमक को झाड़ू से एकत्रित करके नदी आदि में प्रवाहित कर दें।

– कछुए की धातु की बनी एक प्रतिमा घर के उत्तरी भाग में रख दें। इस प्रकार घर में से अशुभ ऊर्जा साफ हो जाती है और पारिवारिक सुख, शांति और प्रेम में वृद्धि होती है।

145

87 | ऊर्जा तरंगे

विज्ञान हमें बताता है कि हमारा दिमाग, तरंगों को जन्म देने की क्षमता के साथ, एक में चक्र बीटा लहर पैदा करता है। जब हम एकाग्रता के साथ मंत्रों का उच्चारण करते हैं, तो 8-चक्र अल्फा किरणें उत्पन्न होती हैं जो शांति प्रदान करती

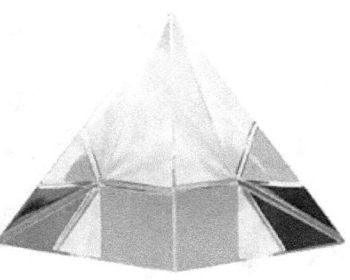

हैं और दिमाग की किसी भी गड़बड़ी को कम करती हैं। जब हम मंत्र ध्यान में लीन होते हैं, तो 4-चक्र बीटा किरणें उत्पन्न होती हैं जो हमें आनंद की भावना देती हैं।

जब हम समाधि में गहरे उतरते हैं, तो डेल्टा किरणें उत्पन्न होती हैं जो मन को खाली कर देती हैं। जब हम मंत्रों का अभ्यास करते हैं या संगीत सुनते हैं तो हम इन सभी अवस्थाओं को महसूस कर सकते हैं। पिरामिड यंत्र की मदद से, इन तरंगों को प्राप्त किया जा सकता है जो एक प्रभावी तरीके से हमारे चारों तरफ फैल सकता है।

आध्यात्मिक रूप से कुशल वैज्ञानिक इस बात पर सहमत हुए हैं कि प्राचीन प्रतीकों की रहस्यमय और पवित्र ऊर्जा जैसे शंक, चक्र, ओम और स्वास्तिक, व्यक्तिगत रूप से छह से तीस हजार बोविस के बीच है। यदि एक हेक्सा चक्र मानव के शरीर में जागृत हो जाता है तो उस व्यक्ति की ऊर्जा छह से बीस हजार बोविस के बीच होती है। (बोविस उत्पादित ऊर्जा को मापने का माध्यम है) एक हजार बोविस 70 मिलीवॉल के बराबर है। हम पिरामिड के माध्यम से 6 से 30 हजार बोविस ऊर्जा प्राप्त कर सकते हैं। अगर हम इस वास्तविकता को ध्यान में रख कर हमारे जीवन में ऊर्जा देने वाले विभिन्न पिरामिडों का उपयोग करते हैं, तो हमें वांछित परिणाम अवश्य मिलते हैं।

४४ तुलसी, कैक्टस और बोनसाई

– कैक्टस चाहे कितना भी खूबसूरत क्यों न हो, इसे घर के अंदर कभी न रखें। इसके तीखे काँटे हमेशा बुरी तरंगें छोड़ते हैं जो आपको तनावग्रस्त, थका–थका और उदासीन बना सकती हैं। इतना ही नहीं, इसकी ज़हरीली ऊर्जा बीमारी, दुर्भाग्य और हानि का कारण भी बनती है।

कैक्टस को घर के बाहर बेधड़क होकर रखा जा सकता है। यहाँ ये सजग प्रहरी की भाँति घर की रक्षा करते हैं और घर में प्रवष्टि होने वाली 'शार ची' (अशुभ ऊर्जा) से दो–दो हाथकर उसे नष्ट कर देते हैं।

– बोनसाई के पौधों को भी घर के भीतर नहीं रखना चाहिए। यह देखा गया है कि इनका बौना व्यक्तित्व घर के लोगों को भी बौना बना देता है।

– तुलसी एक जीवनसाथी पौधा है। हिन्दू मान्यताओं के अनुसार यह लक्ष्मी का रूप है। यह प्रत्येक हिन्दू घर में मिल जाता है और लोग श्रद्धापूर्वक इसकी पूजा करते हैं। इसे घर के भीतर रखा जा सकता है। यह घर की अशुभ ऊर्जा के साथ–साथ यहाँ की गंदी हवा को भी स्वच्छ करता है।

89 | प्रेम बढ़ाने के विभिन्न माध्यम

घर में प्रेम, सामंजस्य, सुख–शांति और सम्पन्नता बढ़ाने के लिए आप विभिन्न प्रकार के प्रतीकों की सहायता ले सकते हैं।

— विशेष काष्ठ का बना बत्तख का जोड़ा पूर्व दिशा में रखें।

— पूरे परिवार की खुशहाली के लिए बत्तख का एक पूरा परिवार इस दिशा में मेज़ के ऊपर रखें।

— बत्तख के स्थान पर लव बर्ड का जोड़ा या इनकी पेंटिंग पूर्व दिशा में लगाई जा सकती है।

जीवित बत्तख, लव बर्ड आदि को पिंजरों में बंद करके न रखें। ये घर में दुर्भाग्य में वृद्धि करते हैं, क्योंकि इनकी स्वतंत्रता छीन ली गई होती है, अतः बद्दुआएँ दुष्प्रभाव डालती हैं।

— डबल हैप्पीनैस सिम्बल सुख–समृद्धि तो लाता ही है, अकेले व्यक्ति के लिए सही जीवन–साथी के चयन में सहयोग भी करता है।

— अंतहीन गॉठ भाग्य वृद्धि और लम्बी आयु के लिए एक अच्छा प्रतीक है।

— दिल के प्रतीक भी प्रेम बढ़ाने के लिए अच्छे माध्यम के रूप में इस्तेमाल किए जा सकते हैं।

90 | टूटी क्रॉकरी घर में न रखें

चाय, कॉफी, शर्बत, भोजन आदि टूटी अथवा चटकी क्रॉकरी में कभी भी सर्व नहीं करें। यह दुर्भाग्यकारक होता है।

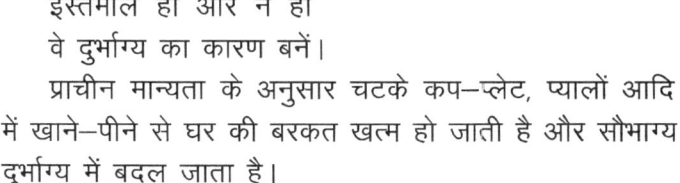

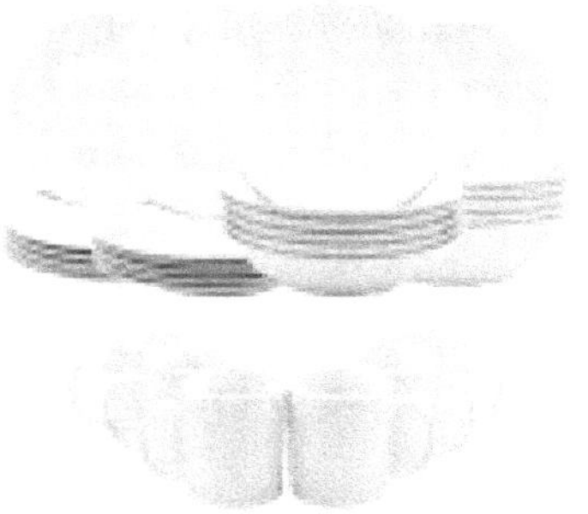

— घर के कप, प्लेट आदि क्रॉकरी चटकी अथवा टूटी हो तो उन्हें घर में नहीं रखना चाहिए। फौरन फेंक देना चाहिए, जिससे न तो उनका इस्तेमाल हो और न ही वे दुर्भाग्य का कारण बनें।

प्राचीन मान्यता के अनुसार चटके कप–प्लेट, प्यालों आदि में खाने–पीने से घर की बरकत खत्म हो जाती है और सौभाग्य दुर्भाग्य में बदल जाता है।

यदि आप केतली से चाय–काफी आदि सर्व करते हैं तो चाय–कॉफी की धार को मेहमानों की ओर रखकर प्यालों में न डालें। आप किसी के घर चाय पर जाए तो वहाँ भी इस बात का ध्यान रखें कि कोई चाय–कॉफी की धार आपकी ओर रखकर तो कपों में नहीं डाल रहा है। फेंग शुई में यह एक प्रतिकूल स्थिति बताई गई है। धार आपकी ओर होगी तो जाहिर है वे तीर आप पर आक्रमण करेंगे। ऐसे तीर संबंधों में मतभेद, अनिश्चितता और गलतगहमी पैदा करते हैं। अतः इस स्थिति से हमेशा बचना चाहिए।

149

91 जोड़े, जोड़े बनाते हैं धरती पर

यदि आप लम्बे समय से अकेले रह रहे हैं और अब किसी को जीवन–साथी बनाना चाहते हैं अथवा आप एक अच्छे जीवन–साथी की ख़ोज में हैं तो अपने घर में 'यिन' और 'येंग' का संतुलन बनाएँ और वस्तुओं को जोड़े में रखने की आदत डालें।

अच्छी फेंग शुई के लिए कुछ देते समय, लेते समय अथवा घर में प्रदर्शन के समय वस्तुओं को जोड़े में रखें। घर में एक फोटो न रखें। इससे अकेलापन बढ़ता है। दो बत्तख, दो चिड़ियाँ, दो मछलियाँ, दो हंस, एक ड्रेगन के साथ एक फीनिक्स का जोड़ा आदि रखना शुभ होता है। इससे सामंजस्यता बढ़ती है और आपकी ख़ोज पूरी होती है।

– घर में 'यिन' और 'येंग' के प्रतीक रखें। ये स्त्री और पुरूष ऊर्जा के प्रतीक हैं जो घर में इस ऊर्जा चक्र को संतुलित बनाए रखते हैं।
– शयनकक्ष में एक फीनिक्स और एक ड्रेगन रखें। यह जोड़ा सुख, शांति प्रदान करता है, साथ ही अकेलापन दूर कर शीघ्र ही अपेक्षित जीवन–साथी से मिलवाता है।

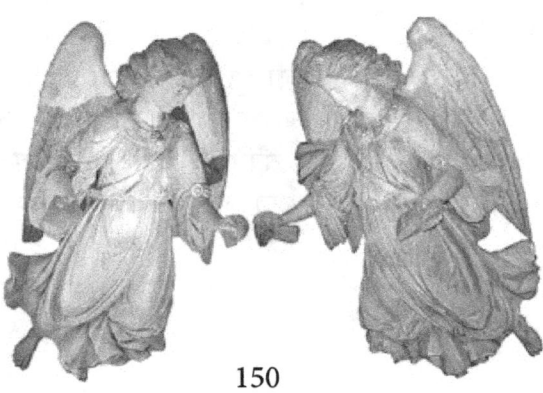

92 ऐसे सजाएँ शयनकक्ष को

नव–विवाहित दम्पति के जीवन की शुरुआत शयनकक्ष से आरम्भ होती है। अच्छी फेंग शुई के लिए नव–दम्पति का शयनकक्ष इस प्रकार से व्यवस्थित करना चाहिए कि वहाँ नकारात्मक/अशुभ ऊर्जा भटकने भी न पाए। इसके लिए निम्न बातों का ध्यान रखना चाहिए–

ऐसे सजाएँ शयनकक्ष को

नव–विवाहित दम्पति के जीवन की शुरूआत शयनकक्ष से आरम्भ होती है। अच्छी फेंग शुई के लिए नव–दम्पति का शयनकक्ष इस प्रकार से व्यवस्थित करना चाहिए कि वहाँ नकारात्मक/अशुभ ऊर्जा भटकने भी न पाए। इसके लिए निम्न बातों का ध्यान रखना चाहिए–

– वैवाहिक जीवन के आरम्भिक चार–पाँच साल तक शयनकक्ष मे लाल अथवा गुलाबी रंगों की अधिकता रखें। ये रंग **'येंग'** ऊर्जा के अच्छे माध्यम होते हैं और अच्छा भविष्य और एकता बनाए रखते हैं। चादर सफेद रंग की बिछाएँ, नीली का प्रयोग कभी न करें।

– शयनकक्ष में लाल छोटा लैम्प लगाएँ यह संतानोत्पत्ति और प्रेम की ज्वाला को उत्प्रेरित करता है।

– शयनकक्ष में फूल, पौधे आदि भूलकर भी न रखें। हाँ, फल रखे जा सकते हैं। विशेषकर अनार रखना अच्छे भाग्य का प्रतीक है।

– शयनकक्ष में एक–दो गिलास से ज्यादा पानी न रखें। मछलीघर, जल–कुण्ड आदि जल–संग्रह न करें। इससे पति–पत्नी के बीच अविश्वास पैदा होता है। नींद भी ठीक नहीं आती है।

– शयनकक्ष में बच्चों की और पके हुए फलों की तस्वीरें लगाएँ झील, नदी, तालाब आदि जल संग्रह की तस्वीरें कदापि न लगाएँ।

– डबल हैप्पीनैस सिम्बल के डिजाइन वाला फर्नीचर शयनकक्ष में शुभ फलदायी होता है।

93 | मेज के कोने की ओर कभी न बैठें

अगर आप इन्टरव्यू देने जा रहे हैं तो ऐसे स्थान पर कभी न बैठें कि मेज़ का त्रिकोण किनारा आपकी ओर हो। अन्यथा आप वह सब कुछ नहीं प्राप्त कर सकेंगे जिसके आप अधिकारी हैं अथवा जिसकी आपको अपेक्षा है। चौकोर मेज़ के सामने ऐसे बैठें कि उसका बीच का एक हिस्सा आपकी ओर हो।

घर में अथवा ऑफिस में कहीं भी मेज़ के कोने वाले भाग की ओर न बैठें। चौकोर मेज़ के चारों ओर पाँच लोगों को बैठना हो तो किनारे से हटकर बैठें। त्रिकोणात्मक किनारे के सामने बैठने से अशुभ ऊर्जा के कारण आप उस दिन कार्य के प्रति उदासीन, थकान से भरे और तनावग्रस्त हो जाते हैं।

जहाँ तक सम्भव हो मेज़ के सामने ऐसे स्थान पर बैठें कि वह आपकी भाग्यशाली दिशा हो। दिशा जानने के लिए एक छोटा दिक्सूचक अपने पास रखें। ऐसा करने पर भाग्य सदैव आपका साथ देगा और आप वह सब प्राप्त करेंगे, जिसकी आपको अपेक्षा होगी।

– बैठने के लिए ऐसी सीट का चुनाव करें जो दरवाज़े से सबसे अधिक दूर हो।

– दरवाज़े की ओर पीठ करके न बैठें और न ही खिड़की की ओर पीठ करें। ऐसी सीट पर भी न बैठें कि आपके दोनों पैर सीधे दरवाज़े की ओर तने हुए हों। यह स्थिति बहुत अशुभ होती है।

94 रिश्ते सँवारते हैं झूमर

झाड़–फानूस देखने में जितने सुंदर होते हैं, फेंग शुई के अनुसार उतने ही शुभ फलदायी भी होते हैं। इन्हें घर के प्रत्येक कमरे में लगाया जा सकता है। घर के प्रवेश द्वार के ऊपर लगा झाड़ अथवा झूमर भाग्यशाली **'ची'** को घर की ओर आकर्षित करता है, तो भोजनकक्ष में लगा झाड़ भोजन में स्वाभाविक वृद्धि करता है।

वैसे झाड़–फानूस के लिए सबसे श्रेष्ठ स्थान है, घर का दक्षिण–पश्चिम भाग। यहाँ लगे झाड़–फानूस इस कोण में धरती तत्त्व के मेल से घर के प्रत्येक सदस्य को भाग्यशाली ऊर्जा से भरपूर कर देते हैं।

– दक्षिण–पश्चिम में लगे झाड़–फानूस परिवार के बीच मधुर संबंध बनाने में विशेष सहयोगी होते हैं।

– पति–पत्नी के बीच में कड़वाहट की दरार को बांटने का कार्य करते हैं, वहीं भाई–बहन के बीच प्रतिद्वन्द्विता को समाप्त करते हैं।

हमें एक दम्पति की सच्ची घटना याद आ रही है। उनके विवाह को दो साल हुए थे, लेकिन उनके संबंध बहुत बिगड़ चुके थे। बात–बात में तकरार, तू–तू मैं–मैं। कुल मिलाकर स्थिति बहुत नाजुक थी। बात तलाक की कड़वाहट तक पहुँच चुकी थी।

एक दिन पति महोदय हमसे मिले। हमने उनके घर का निरीक्षण किया और कुछ परिवर्तनों के साथ घर के दक्षिण–पश्चिम में स्थित तीन कमरों में बड़े–बड़े झूमर लगवाने की सलाह दी।

उन्होंने हमारी सलाह के अनुसार उन कमरों में बड़े–बड़े

झूमर लगवा लिए। और डेढ़–दो महीने बाद उनके बीच हमें आश्चर्यजनक परिवर्तन देखने को मिला। अब वे एक–दूसरे से प्रेमी–प्रेमिका की भाँति प्रेम करने लगे थे।

सचमुच, यह कमाल था दक्षिण–पश्चिम में लगे झूमरों का।

95 लोकप्रियता के लिए पवन-घंटी

लोकप्रियता बढ़ाने और अच्छे भाग्य के लिए फेंग शुई के अंतर्गत पवन–घंटियों को अचूक हथियार कहा गया है। पवन–घंटियाँ कई प्रकार की होती हैं। सभी अपना अलग–अलग प्रभाव डालती हैं। पवन–घंटियाँ जिस पदार्थ की बनी हों, उन्हीं के अनुरूप स्थान पर लगाने से उनका अपेक्षित परिणाम प्राप्त होता है। गलत स्थान पर लगाने से ये घर की फेंग शुई का संतुलन खराब कर सकती हैं।

पवन–घंटियाँ काष्ठ, मिट्टी/चीनी मिट्टी अथवा धातु की हो सकती हैं। कोनों को ऊर्जामय बनाने के लिए कोनों के तत्त्वों के अनुरूप पदार्थ की घंटी इस्तेमाल करनी चाहिएँ।

– धातु की बनी पवन–घंटियाँ पश्चिम या उत्तर–पश्चिम दिशा के लिए ठीक होती हैं।

– मिट्टी की बनी घंटियों को दक्षिण–पश्चिम, उत्तर–पूर्व और मध्य में लगाना लाभदायक होता है।

– काष्ठ (लकड़ी) की बनी घंटियों को पूर्व, दक्षिण–पूर्व अथवा दक्षिण दिशा में ही लगानी चाहिएँ।

यदि आप किसी कोने के दुष्प्रभाव को रोकने अथवा सौभाग्य वृद्धि के लिए पवन–घंटी लगा रहे हैं तो धातु की पवन–घंटी ही लगाएँ दुष्प्रभाव को रोकने के लिए पाँच छड़ों वाली और सौभाग्यवृद्धि के लिए छः अथवा सात छड़ों वाली घंटी इस्तेमाल करें।

समाज में मान–सम्मान और लोकप्रियता के लिए आवासीय कक्ष के दक्षिण–पश्चिम कोण में दो अथवा नौ छड़ों वाली क्रिस्टल अथवा चीनी मिट्टी की पवन–घंटी लटकाएँ।

96 | पैनी वस्तुओं के अशुभ प्रभाव

तीखी चीजें तीव्र अशुभ ऊर्जा उत्पन्न करती हैं। इन्हें कभी भी मेज़ पर, फर्श पर अथवा यहाँ–वहाँ न छोड़ें।

मेज़ पर जब आप काम समाप्त करें तो कैंची, चाकू पेंचकस आदि इस प्रकार से न छोड़ें कि उनकी नोक सीधी आप पर अथवा किसी अन्य व्यक्ति की ओर हो। इनकी प्रतिकूल ऊर्जा आप पर गहरा अशुभ प्रभाव डाल सकती है।

– बातों–बातों में आप पेंचकस, चाकू अथवा कैंची की नोक किसी की ओर तानकर उससे बातें न करें, वरना समझें कि आपकी और उसकी दोस्ती समाप्त, प्रतिकूल ऊर्जा यह संभव कर सकती है।

– उपहार में कैंची, चाकू पेंचकस आदि पैनी वस्तुएं न दें। ये अपने साथ अशुभ 'ची' ऊर्जा ले जाती हैं और घर में खराब फेंग शुई की रचना करती हैं।

– आपका कोई मित्र उपहार में चाकू, कैंची अथवा कोई अन्य पैनी चीज़ दे तो उसे उसके बदले में एक सिक्का दे दें। इस प्रकार, वह वस्तु आप प्रतीकात्मक रूप से क्रय कर लेते हैं और उसकी अशुभता समाप्त प्रायः हो जाती है।

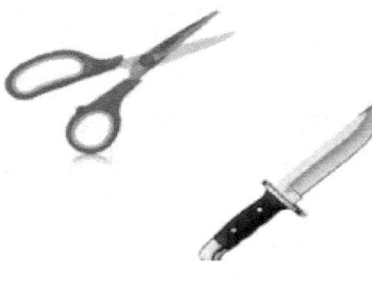

97 मेज पर कम्प्यूटर ऐसे रखें

यदि आप कम्प्यूटर में कैरियर बनाना चाहते हैं और इसके द्वारा सफलता और धनार्जन करना चाहते हैं तो मेज़ पर फेंग शुई के अनुसार इसके रख–रखाव पर ध्यान दें।

– कम्प्यूटर को मेज़ पर हमेशा दाहिनी ओर रखें और मेज़ के बायीं ओर कम्प्यूटर से ऊँची कोई अन्य वस्तु जैसे– टेबल लैम्प आदि रख दें।

– ताज़े फूलों का एक फूलदान मेज़ पर पूर्वी दिशा में रखें। फूल रोज बदलते रहें।

– मेज़ के दक्षिण–पश्चिम में सामंजस्य और अच्छे संबंधों के लिए क्रिस्टल बॉल्स रखें।

– मेज़ के दक्षिण–पूर्व कोने में, नीचे की ओर मनी प्लांट का पौधा रखें। यह धन के प्रवाह व आपकी उन्नति के नए–नए मार्गों को खोलता हैं।

– कम्प्यूटर के आस–पास प्रकाश का स्रोत दक्षिण की ओर से रखें। दक्षिण दिशा में से आता प्रकाश बाज़ार में आपका नाम स्थापित करता है।

98 | शयनकक्ष में कम्प्यूटर न लगाएँ

शयनकक्ष में कम्प्यूटर, दर्पण और टी.वी. की भाँति ही हानिकारक होता है। यह पति–पत्नी के रिश्तों में कड़वाहट पैदा कर देता है।

कम्प्यूटर धातु तत्त्व है जो रिश्तों को पोषण करने वाली पृथ्वी ऊर्जा को कम कर देता है, जिसके कारण संबंधों में दरार उत्पन्न हो जाती है।

— कम्प्यूटर को कभी भी शयनकक्ष में न लगाएँ वरना आपके संबंध 'ठण्डे' पड़ जाएँगे।

यदि आपके पास ज्यादा स्थान नहीं हैं और शयनकक्ष में कार्य करना आवश्यक हो तो पलंग और कम्प्यूटर के बीच में एक परदा लगा देना चाहिए। यह एक काम चलाऊ विकल्प हो सकता है, अन्यथा तो बेहतर यही होगा कि कम्प्यूटर को शयनकक्ष से बाहर ही रखा जाए।

— ध्यान रखें, शयनकक्ष में 'यिन' (स्त्री) ऊर्जा का स्थान अधिक होना चाहिए न कि 'येंग' (पुरूष) ऊर्जा का। कम्प्यूटर आदि 'येंग' ऊर्जा को बढ़ाते हैं, जो अधिक मात्रा में दाम्पत्य संबंधों के लिए घातक होती है।

99 समझ-समझ कर समझें

छोटी–छोटी बातें जीवन में बहुत अहम् होती हैं। कुछ लोग इन्हीं बातों को जीवन में अपनाकर सफलता की सीढ़ियाँ चढ़ते चले जाते हैं। आप भी समझ–समझ कर इन बातों को जीवन में अपनाएँ।

— अपने बच्चों को शिक्षा के क्षेत्र में सर्वोत्तम बनाने के लिए बच्चों की अध्ययन मेज़ के उत्तर–पूर्व कोने में क्रिस्टल का ग्लोब या पिरामिड रखें।

— विदेशों में नौकरी, रोज़गार, व्यवसाय आदि पाने के लिए घर के उत्तर–पश्चिम कोने में ग्लोब रख दें और इसे दिन में कम–से–कम तीन–चार बार घड़ी की दिशा अनुसार घुमाएँ।

— दुकान, डिपार्टमेंटल स्टोर आदि पर बिक्री बढ़ाने के लिए तीन चीनी प्राचीन भाग्यवर्धक सिक्कों को लाल रिबन से विक्रय फाइल, बिल–बुक अथवा आर्डर–बुक पर चिपका दें।

— मोटे ग्राहक की तलाश में हों तो अपने पते की डायरी अथवा योजना के प्रारूप को अपनी मेज़ पर उत्तर–पूर्व कोने में रखें।

— देखें, आपके घर अथवा कार्यालय में संगमरमर की टाइलें आदि टूटी तो नहीं हैं। ऐसा होने पर परिवार के सदस्यों, भागीदारों अथवा ग्राहकों के बीच मज़बूत संबंध स्थापित नहीं हो पाते हैं। टूटी टाइलों को फौरन बदलवाएँ अथवा कारपेट आदि से ढक दें।

– बिगड़े उपकरण—घड़ी, टेलीफोन, मिक्सर, बॉलपैन, कैसेट आदि घर में न रखें। ये वस्तुएँ घर में अशुभ ऊर्जा उत्पन्न करती हैं।

– दो उँगलियों से पकड़े हुए नोट या पैन, पेंसिल आदि कभी न लें। इससे कैंची की आकृति बनती है जो दुर्भाग्य में वृद्धि करती है।

ऐसा विश्वास है कि तीन व्यक्तियों की फोटो एक साथ लेने पर उनके बीच में मतभेद उत्पन्न हो जाते हैं और उनकी दोस्ती खत्म हो जाती है, लेकिन परिवार के सदस्यों के तीन होने पर उनकी फोटो एक साथ लेना अच्छा माना गया है। ऐसी फोटो त्रिकोणात्मक लेनी चाहिए, जिसमें दो सदस्य बैठे होने चाहिए और परिवार के मुखिया को त्रिकोण के शीर्ष के रूप में बीच में खड़े होना चाहिए।

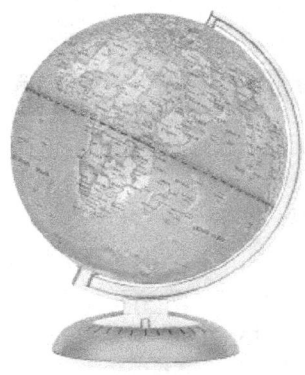

– पूरे परिवार का एक बड़ा हँसता—मुस्कारता पोट्रेट आवासीय कक्ष में उत्तर—पश्चिमी दीवार पर लगाने से परिवार के बीच में एकता और सहयोग की भावना बनी रहती है।

– पारिवारिक सदस्यों के फोटो शौचालय के सामने, मुख्य द्वार के सामने, सीढ़ियों के सामने अथवा तहखाने में कभी नहीं लगाने चाहिए।

100 | रात्रि को कपड़े बाहर न सुखाएँ

शाम के समय कपड़े धोएँ तो इन्हें घर के बाहर कभी न सुखाएँ। फेंग शुई के अनुसार रात भर बाहर पड़े रहने से कपड़े अशुभ 'ची' सोख लेते हैं, जो दुर्भाग्य का कारण बनती है।

दरअसल रात्रि में बाहर सूखने वाले पहनने के वस्त्र, चादर, कम्बल आदि रात्रि की 'यिन' ऊर्जा को अत्यधिक मात्रा में सोख लेते हैं, जिसके कारण इन कपड़ों को उपयोग में लाने वालों का ऊर्जा संतुलन अव्यवस्थित हो जाता है और तनाव, उदासीनता, अवसाद और दुर्भाग्य की स्थिति उत्पन्न हो जाती है।

— यदि रात्रि में कपड़े सुखाने हों तो खिड़की रहित कमरों में घर के अंदर सुखाएँ।

— दिन के समय ही कपड़ों को बाहर सुखाएँ इस प्रकार कपड़े धूप की शुभ 'येंग' ऊर्जा ग्रहण करते हैं, जो घर के लिए सामंजस्य, प्रेम और सुख की प्रतीक होती है।

161

101 | धन-कलश से करें धन-संग्रह

हर व्यक्ति चाहता है कि उसका धन सुरक्षित रहे और उसमें निरंतर वृद्धि होती रहे। इसके लिए अपना स्वयं का एक धन–कलश बनाएँ।

धातु अथवा पृथ्वी तत्त्व का एक सुंदर कलश बनवाएँ।

— पृथ्वी तत्त्व में पकी मिट्टी, चीनी मिट्टी अथवा क्रिस्टल का कलश और धातु तत्त्व में पीतल, ताँबा, चाँदी अथवा सोने के कलश स्वीकार्य हैं।

— अपने कलश में अपने सभी आभूषण, रत्न, मोती आदि रखें और अलमारी के भीतर इसे ऐसे रखें कि यह किसी बाहरी व्यक्ति को नज़र न आए।

— यदि आपका कलश धरती तत्त्व का है तो इसे दक्षिण–पश्चिम में अथवा उत्तर–पूर्व कोने में अलमारी में रखें।

— कलश धातु का बना हो तो उसे पश्चिम अथवा उत्तर–पश्चिम कोण में अलमारी में रखें।

— धन के कलश को द्वार के सामने रखी अलमारी में कभी न रखें अन्यथा दौलत पानी की भाँति बह जाएगी।

102 | दर्पण लाभदायक हैं दुकान में

अपनी दुकान पर अधिक ग्राहकों को आकर्षित करने के लिए दुकान में दीवारों पर बड़े–बड़े दर्पण इस प्रकार से लगवाएँ कि दुकान का सामान और तिजोरी दर्पण में नजर आए।

– दर्पण दुकान में व्यवसाय की अच्छी ऊर्जा को अपनी ओर आकर्षित करते हैं। दुकान में खम्बे हों तो उन पर दर्पण लगवाएँ। अलमारियाँ हो तो उन पर दर्पण लगवा दें। हो सके तो पूरी दुकान में दर्पण लगवा दें। दर्पण सिर्फ प्रवेश द्वार के सामने न लगवाएँ।

दुकान में चारों ओर लगे दर्पण दुकान में होने वाले लाभ को दुगना कर देते हैं।

– दुकान के बाहर फूलदार पेड़–पौधें की सजावट से भी शुभ फेंग शुई दुकान की ओर आकर्षित होती है और दुकान में ग्राहक संख्या बढ़ती है।

163

103 | बहुत फायदेमंद है बाँस

बाँस एक बड़ी किस्म की घास है। बाँस अच्छी फेंग शुई का एक अद्वितीय उपकरण है। यह दीर्घायु, अच्छे स्वास्थ्य और अच्छे भाग्य के प्रतीक के रूप में लोकप्रिय है।

— घर अथवा दफतर में बाँस की पेंटिंग अथवा कोई कलाकृति लगाना बहुत शुभ होता है।

— बाँस की 6–6 इंच लम्बी दो टहनियाँ लेकर दुकान के दरवाज़े पर लटकाना बहुत शुभकारी होता है। इस प्रकार स्थाई सौभाग्य का निर्माण होता है।

— घर के बाहर बाँस की दो टहनियाँ टाँग देने से दीर्घायु और अच्छा स्वास्थ्य तो प्राप्त होता ही है, बुरी नज़र, ईर्ष्या और प्रतिकूल वास्तु के प्रभाव को भी दूर कर देता है।

104 बाग लाते हैं जीवन में बहार

आपके घर के आगे थोड़ी जगह हो तो यहाँ लाल, गुलाबी, हल्के बैंगनी, दूधिया आदि रंगों के फूल लगाएँ यदि आपका बगीचा दक्षिण, दक्षिण–पूर्व अथवा दक्षिण–पश्चिम दिशा के अभिमुख हो तो यह बहुत शुभ स्थिति होती है।

— बगीचे अच्छी फेंग शुई उत्पन्न करने के अच्छे माध्यम होते हैं। विशेषकर छोटे बगीचे बहुत शुभकारी **'येंग'** ऊर्जा ग्रहण करते हैं।

— यदि आपके भू–खण्ड के कोने कटे हुए हों तो पेड़–पौधों के माध्यम से उन्हें प्रतीकात्मक रूप से सुधारा जा सकता है।

— पेड़–पौधों को तीन हफ्ते में कम–से–कम एक बार काटते–छाँटते रहें। बेतरतीब बढ़े पेड़–पौधे फेंग शुई के दृष्टिकोण से अच्छे नहीं होते।

— सूखी पत्तियों और फूलों को अलग करते रहें। ये अशुभ **'यिन'** ऊर्जा उत्पन्न करते हैं।

— काँटेदार पौधे घर के बाहर रखें। यहाँ यह घर को सुरक्षा प्रदान करते हैं, लेकिन इन्हें प्रवेश द्वार के एक दम निकट न रखें।

— बगीचे का पूर्व और दक्षिण–पूर्व भाग अधिक हरा–भरा और फूलदार होना चाहिए। यहाँ लगे हरे–भरे और स्वस्थ पेड़–पौधे धन आने के मार्ग खोलते हैं।

105 भाग्यशाली बनें

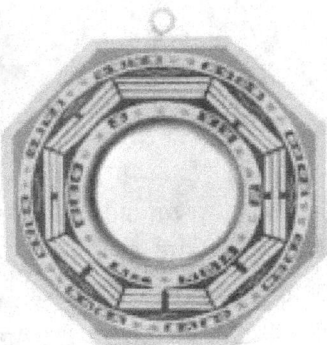

घर के आसपास का वातावरण हमें बेहद प्रभावित करता है। अपने घर के भीतरी वातावरण को हम अपने अनुकूल ढाल सकते हैं, किंतु बाहरी वातावरण को अपने अनुकूल ढालना अपेक्षाकृत कठिन होता है। इसके लिए विशेष सावधानियाँ बरतनी पड़ती हैं।

घर के बाहर कहाँ हानिकारक फेंग शुई मौजूद है, इस बात का अनुमान लगाना बेहद कठिन होता है। सीधी घर की ओर आती सड़क भी आपके लिए बुरी फेंग शुई हो सकती है। ये दुर्भाग्य बढ़ाती है।

— घर के सामने से गुजरता घुमावदार रास्ता अच्छा होता है।
— घर के सामने स्थित त्रिकोणात्मक छत बेहद खराब फेंग शुई उत्पन्न करती है।
— बिजली व फोन का खम्बा, टी.वी. टावर, पेड़, ऊँची इमारत, दो दीवारों का जोड़ आदि सभी तीव्र अशुभ ऊर्जा उत्पन्न करते हैं। इनसे घर की सुरक्षा आवश्यक है।

इनसे बचाव के लिए पा–कुआ दर्पण अथवा पाँच छड़ वाली पवन–घंटी घर के बाहर लगाएँ ये अशुभ नकारात्मक ऊर्जा को रोकने में सहायक सिद्ध होते हैं।

106 | मंदिर उत्तर-पश्चिम में बनाएँ

फेंग शुई के अनुसार घर में मंदिर हमेशा मुख्य द्वार के सामने या घर के उत्तर–पश्चिमी भाग में बनाना बहुत शुभ होता है। मंदिर को हमेशा साफ और स्वच्छ रखें। मंदिर में मूर्तियाँ फर्श के स्तर से ऊँची रखनी चाहिए। मंदिर में दीपक अथवा बल्ब हमेशा जलाए रखना चाहिए, जिससे यहाँ हमेशा अच्छी 'ची' ऊर्जा आकर्षित होती रहे।

मंदिर में सदैव झूमर को प्रकाषित रखना बहुत अधिक शुभत्व की निशानी होती है।

— मंदिर को शौचालय के निकट, सीढ़ियों के नीचे अथवा सामने कभी नहीं बनाना चाहिए। यह बहुत अशुभ होता है।

— शयनकक्ष में भी मंदिर कभी न बनाएँ।

108 गोल्डन टिप्स
प्यार, आरोग्य, समृद्धि और सफलता के लिए

107

भाग्य का रखवाला मुख्य द्वार

घर का मुख्य द्वार आपका भाग्य बना भी सकता है और बिगाड़ भी सकता है। मुख्य द्वार से होकर ही भाग्य आपके घर में प्रविष्ट होता है। घर के आसपास या बाहर—भीतर शुभ चीज़ें रख देना ही पर्याप्त नहीं होता। सबसे पहले तो शौचालय को मुख्य द्वार से दूर बनाया जाना चाहिए, जिससे घर में प्रवेश करने वाली भाग्यशाली **'ची'** ऊर्जा शौचालय के सम्पर्क में आकर प्रतिकूल न हो सके। ध्यान रखें कि शौचालय हमेशा अशुभ **'ची'** उत्पन्न करते हैं।

आपका मुख्य प्रवेश द्वार हमेशा एक बड़े हॉल में खुलना चाहिए। यदि यह भोजनकक्ष में खुलता है तो घर के सदस्य दिन—रात केवल खाने—पीने के बारे में ही सोचते रहते हैं। यदि यह रसोईघर में खुलता है तो ऐसा घर सौभाग्यशाली कभी नहीं हो पाता। यह स्थिति घर में प्रतिद्वन्द्विता और क्रोध भी बढ़ाती है।

– यदि मुख्य द्वार शयनकक्ष के निकट खुलता है तो लोग आलसी और कामचोर हो जाते हैं।

– मुख्य द्वार लम्बे और घुमावदार गलियारे में भी नहीं खुलना चाहिए। यदि मुख्य द्वार लम्बे गलियारे में खुलता हो तो द्वार के भीतर एक परदा लगा लेना चाहिए।

– मुख्य द्वार एक बड़े हॉल अथवा अहाते में खुलना सबसे आदर्श स्थिति होती है, लेकिन इस द्वार के ठीक सामने दूसरा द्वार नहीं होना चाहिए। यदि द्वार हो तो यहाँ एक पवन—घंटी क्रिस्टल बाल अथवा स्क्रीन आदि लगा देनी चाहिए।

108 नैऋत्य भाग को क्रियाशील रखें

घर के दक्षिण–पश्चिम में टी.वी. म्यूजिक सिस्टम कम्प्यूटर आदि धातुई वस्तुएँ न रखें।

हरा व कत्थई रंग, फर्नीचर आदि भी यहाँ न रखें। यह पृथ्वी तत्त्व का भाग है। ये सारी चीज़े पृथ्वी तत्त्व को कमज़ोर बनाती हैं।

कहा जाता है कि पृथ्वी तत्त्व को काष्ठ तत्त्व नष्ट कर देता है इसी प्रकार धातु तत्त्व भी पृथ्वी तत्त्व को कमज़ोर बनाता है।

इस क्षेत्र में हरे पेड़–पौधे भी नहीं रखने चाहिए। ये इस क्षेत्र से उत्पन्न होने वाली सकारात्मक ऊर्जा को दबा देते हैं।

– इस भाग को तीव्र ऊर्जाशील बनाने के लिए यहाँ क्रिस्टल का एवं अन्य रत्नों का बना एक प्रतीकात्मक पौधा रखें।

यह भाग क्रियाशील रहने से घर में एकता, सामंजस्य, सुख–शांति और सम्पन्नता बनी रहती है।

Best Sellers by Pt. Gopal Sharma

171

108 गोल्डन टिप्स
प्यार, आरोग्य, समृद्धि और सफलता के लिए

BOOKS BY Pt. GOPAL SHARMA

पिरामिड शक्ति एवं वास्तु

पिरामिड शक्ति व वास्तुशास्त्र ऊर्जा स्रोत का एक प्राचीन विज्ञान है। यह सार्वभौमिक शक्ति से जुड़ा है। यूं कहें तो वर्तमान मानवीय जीवन शैली में वास्तुशास्त्र का प्रभाव बहुत ज्यादा हो गया है।

इस पुस्तक की सहायता से आप पिरामिड शक्ति व वास्तुशास्त्र के मूलभूत सिद्धांतों द्वारा अपने घर या दफ्तर के लिए बेहतर स्थान व रंग का चुनाव कर सकते हैं अथवा जान सकते हैं कि आपके घर का कोई भी कमरा प्राकृतिक नियमों व दैनिक गतिविधियों के उपयोग हेतु है अथवा नहीं? वस्तुतः यह पुस्तक बताती है कि कौन-सी वस्तु कहां होनी चाहिए?

रत्नों में निहित
उपचार शक्ति
पं. गोपाल शर्मा
डॉ. सेवाराम जयपुरिया
₹175

रत्नों में निहित उपचार शक्ति

रत्न–उपचार की पद्धति वैदिक परंपरा और भारतीय ज्योतिषशास्त्र पर आधारित है। आकाश में विचरण करने वाली 12 राशियों में 9 ग्रहों के भ्रमण व ब्रह्माण्डीय स्पन्दन से उत्पन्न होने वाली ऊर्जा खगोल से प्राणीमात्र पर कभी अनुकूल एवं कभी प्रतिकूल प्रभाव डालती है। रत्न उन ग्रहों द्वारा प्रेषित प्रकाश एवं स्पंदन को संग्रहीत करते हैं। इसलिये अनुकूल रत्न का चयन पहनने वाले को अवश्य ही शुभ लाभ देता है। अनेक मूल्यवान व अल्पमोली रत्नों के विषय में वैदिक काल से प्रचलित इस प्रमाणिक गुह्यतम ज्ञान को विद्वान लेखकों ने बहुत सरल भाषा में प्रतिपादन करने का महती प्रयास किया है।

हम होंगें कामयाब

पं॰ गोपाल शर्मा, बी.ई

1
सपनों को कार्यान्वित करने के अद्वितीय नियम
जानिये सकारात्मक सोच के द्वारा सफलता के रहस्य
₹150

हम होंगे कामयाब

हर वर्ग के पाठकों के लिये प्रेरणादायक और उनमें नूतन उत्साह की सन्तुष्टि करने में सक्षम इस पुस्तक में उन गुणों को विशेष रूप से समझाया गया है जो सफलता को संभव बनाते हैं।

बारंबार पढ़ने और गुनने योग्य यह लोकोपयोगी कृति निश्चय ही आपको सफलता के लिए उत्साहित करेगी एवं नये-नये गुर सिखाएगी ताकि आप संपूर्ण जीवन सुख से जी सकें।

सकारात्मक सोच को बढ़ाने और निराशा-हताशा को त्याग, जीवन में आगे बढ़ने के लिए प्रेरित करने वाली यह एक पठनीय ही नही, संग्रहणीय कृति है।

लक्ष्मी प्रवेश कैसे हो?

प. गोपाल शर्मा, बी.ई

लक्ष्मी प्रवेश कैसे हो

हर आदमी को एक सफल जीवन जीने के लिए निरोगी काया, सरल और तनावरहित दिनचर्या, घर में सुख-सुविधा के सभी साधन, निष्कंटक कारोबार या नौकरी की आवश्यकता होती है। कई बार सैकड़ों प्रयत्नों को करते-करते भी जीवन में पूर्ण सफलता नहीं मिलती तथा बहुत सी कामनायें अतृप्त ही रह जाती है।

यह सुखी और सफल जीवन महालक्ष्मी की कृपा के बिना संभव नहीं है। कौन से सरल साधन अपनाये जायें जिससे सकारात्मक शक्तियों का हमारे जीवन पर लाभदायक प्रभाव होकर हर घर में दौलत का खिंचाव स्वतः हो? यही बतलाती है वैदिक वास्तुशास्त्र पर दैवज्ञ शिरोमणि वास्तु इंजीनियर पंडित गोपाल शर्मा की यह अनुपम पुस्तक।

www.ingramcontent.com/pod-product-compliance
Lightning Source LLC
Chambersburg PA
CBHW071217260626
47162CB00004B/1319
* 9 7 8 9 3 5 2 9 6 7 0 2 5 *